Sandra Dorn

Bamberger
Maskerade

AF197179

Sandra Dorn

Bamberger Maskerade

Mira zwischen Macht und Meer

Roman

Edition Forsbach

Bibliografische Information der Deutschen Nationalbibliothek:
Die Deutsche Nationalbibliothek verzeichnet diese Publikation
in der Deutschen Nationalbibliografie; detaillierte bibliografische
Daten sind im Internet über http://dnb.d-nb.de abrufbar.

Edition Forsbach
Bücher mit Herz

© Edition Forsbach, Bamberg 2024
www.edition-forsbach.de

Coverbild: © Sandra Dorn
Covergestaltung: Dr. Beate Forsbach

Printed in Germany
ISBN 978-3-95904-244-4 (Print)
ISBN 978-3-95904-247-5 (E-Book)

Für meinen Mann Stefan

Eins

Als Mira erwachte, war es noch finster. Ein ohrenbetäubendes Klopfen und Hämmern hatte sie jäh aus dem Schlaf gerissen.

Was war das?

War es etwa der Wohnungsnachbar, der neue Bilder aufhängte? Aber so früh am Morgen? Unwahrscheinlich.

War es womöglich ein Einbrecher?

Das Blut gefror ihr gefühlt in den Adern, und ihr stockte der Atem. Rasch erhob sie sich und schlich barfüßig auf Zehenspitzen lautlos zur Wohnungstür. Ihr Schlüsselbund steckte wie immer, wenn ihr Mann Andrés aus beruflichen Gründen unterwegs war, von innen in der Eingangstür, deren Schloss mit zwei Umdrehungen versperrt war.

Jetzt drehte sie den Schlüssel in die Gegenrichtung und riss die Tür auf. Sie erstarrte vor Schreck. Der Eingang war mit vielen großen dunkelbraunen Dielenbrettern komplett vernagelt. Panisch rannte sie durch den Korridor zu ihrer Balkontüre und zog mit hektischen Bewegungen die Jalousien hoch. Statt in den schönen blühenden Garten hinunter, blickte sie auf eine Barriere von kreuz und quer installierten Holzbrettern. Den gleichen Anblick boten ihr alle weiteren Fenster ihrer pittoresken Altbauwohnung am Bamberger Stephansberg. Alle Öffnungen nach außen waren zugenagelt.

Sie war eingesperrt – eingebrettert!

Erschöpft stolperte sie in die Küche und riss die Schubladen auf. Irgendwo musste doch die kleine elektrische Akku-Handsäge sein, die sie dem Gärtner erst kürzlich zum Beschneiden der Äste ausgehändigt hatte. Er hatte sie wohl nach Beendigung seines Auftrags im Keller deponiert, doch dorthin konnte sie nicht gelangen, da dieser nur über das Treppenhaus oder von der Gartenseite erreichbar war.

Verzweifelt suchte sie ihr Handy. Da fiel ihr siedend heiß ein, dass sie es wohl am Vorabend versehentlich auf dem kleinen Bistrotisch des überdachten Balkons zurückgelassen hatte. Dort hatte sie vor dem Zubettgehen noch ein Glas leckeren leichten Südtiroler St. Magdalener-Rotwein getrunken und zu später Stunde ein Telefonat mit ihrer Freundin Zoey geführt, die einige Ratschläge von ihr erbeten hatte.

Plötzlich wurde ihr schwindlig; sie strauchelte und kippte um.

Kurz bevor ihr Körper unsanft auf dem harten Designfliesenbodenbelag aufprallte, erwachte sie schweißgebadet.

„Gott sei Dank", dachte sie erleichtert.

„Es war nur ein Traum. So einen furchtbaren Albtraum hatte ich aber niemals zuvor."

Noch schlaftrunken wankte sie zur Eingangstür und entriegelte sie. Der Traum war so real, dass sie sich unbedingt vergewissern musste, dass wirklich alles in Ordnung war. Ihr bot sich ein völlig freier Blick in das noch nächtlich-düstere Treppenhaus dar.

Es war erst fünf Uhr morgens, und eigentlich musste sie noch nicht aufstehen.

An Schlaf war jedoch nicht mehr zu denken, der nächtliche Schreck hatte ihren Adrenalinspiegel so sehr in die Höhe getrieben, dass sie hellwach war.

Sie rieb sich die Augen, sortierte ihre Knochen mittels Dehnung, schlurfte gähnend in die Küche und bereitete sich einen starken Caffè Americano mit italienischem Espresso und etwas heißem Wasser zu, den sie jedoch zur Hälfte verschüttete. Immer noch war sie ein wenig zittrig und hatte beängstigendes Herzrasen.

„Ich werde ein paar Schritte gehen, um meinen Kreislauf in Schwung zu bringen", beschloss sie, zog sich ein langes T-Shirt über den Kopf und stieg kurzentschlossen die Treppenstufen hinab.

Als sie im Erdgeschoss ankam, hörte sie das Geklapper des Deckels ihres Briefkastens, worin der Zeitungsbote soeben den Frankenkurier hinterlegt hatte. Mira fischte die Tageszeitung aus dem Postschlitz.

Auf der Titelseite des städtischen Lokalmonopolisten war eine große, bewusst ungünstig aufgenommene und dementsprechend komponierte Fotomontage von Lars Steinbock zu sehen, unerbittlich gekrönt mit der wenig schmeichelhaften Schlagzeile:

Freies Feiern bei *Festate* ist ein Fake!

„Kein Wunder, dass man Albträume bekommt", dachte Mira erbittert. Gestern Abend hatte Zoey, Lars' Frau und Miras beste Freundin in Personalunion, sie bereits telefonisch vorgewarnt, da das Ehepaar die E-Paper-Ausgabe bezog, die bereits am Vorabend zugänglich war.

Das war also Tag Drei der herzlosen, ungerechtfertigten Hetzkampagne. Lars wurde vorgeworfen, dass er bei dem von ihm als Geschäftsführer des Stadtmarketings organisierten Sommermusikfestival mit vielen italienischen Künstlern, woher die Bezeichnung *Festate* ihren Ursprung hat, nämlich

„Festa" in Verbindung mit dem italienischen Wort für Sommer: „Estate", Festabzeichen verkaufen lässt, deren freiwilliger Erwerb alljährlich einen kleinen Teil der Kosten tilgt. Das aktive Angebot dieser Abzeichen auf dem Festgelände würde die angebliche Freiwilligkeit unglaubwürdig machen.

„Das ist unglaublich", dachte Mira. „Diese Abzeichen werden stets ganz dezent und unaufdringlich für nur wenige Euros verkauft. Ein Teil der Bevölkerung lässt sich jedoch von dieser Stimmungsmache mehrerer karrieresüchtiger politischer Zeitgenossen, sowie aufmerksamkeitsbedürftiger kulturschaffender Konkurrenten infizieren und besudelt damit Lars' Image. Ich bin darüber wirklich entsetzt. Sobald Andrés aus Berlin zurück ist, muss ich mit ihm reden. Als Lars' Freund muss er unbedingt etwas gegen diese Mobbingattacken unternehmen. Dringend! Und sei es um der Gerechtigkeit willen."

Zwei

Bereits am frühen Nachmittag kehrte Andrés aus Berlin zurück. Er begrüßte seine Frau zwischen Tür und Angel mit einem flüchtigen Kuss, ließ seinen kleinen schwarzen Bordtrolley mitten im Flur stehen, warf seinen beigefarbenen Trenchcoat über einen der Garderobehaken und entstieg seinen eleganten schwarzen, spitzkappigen italienischen Nappalederschuhen.

Als Mira mit ihm über die neuesten Presseschlagzeilen sprechen wollte, gab er sich jedoch unzugänglich:

„Mira, mi amor, Liebling, bitte keinen Stress", wehrte er ab, während er mit dramatischer Mimik seinen Hemdkragen aufknöpfte, die Krawatte lockerte und sich eine widerspenstige schwarze Locke aus der gerunzelten Stirn strich.

„Ich habe später noch eine anstrengende Versammlung und bin schon jetzt müde. Die Fahrt war wahnsinnig anstrengend. Du weißt doch, dass der Oberbürgermeister im Urlaub ist, und ich heute die Stadtratssitzung leiten muss. Ich brauche jetzt Ruhe und möchte mich davor noch ein wenig hinlegen."

„Immer willst du nur oberflächliche Gespräche führen, Andrés", warf Mira ihm vor.

„Für deine Unterflächlichkeiten bin ich jetzt wirklich zu erschöpft. Du willst ständig in der Tiefe schürfen und bohren, das kostet bei meinem Job zu viel Kraft, tut mir leid."

Erschöpft sank er auf die blutrote Veloursledercouch nieder und war ab sofort nicht mehr ansprechbar.

Mira verließ enttäuscht das gemeinsame Wohnzimmer.

Sie griff nach ihrem Smartphone, das sie auf dem kleinen Küchentisch abgelegt hatte, rief ihren Priesterfreund Justus an, den sie „Hannes" nach seinem zweiten Vornamen „Johannes" nannte, und klagt ihm ihr Leid.

Zu ihrer Überraschung, die sich in ihrem Inneren mit Bestürzung durchmischte, reagierte der einfühlsame Kleriker diesmal nicht mit dem gewohnten Verständnis, sondern fragte sie provokant:

„Was hast du denn von einem Politiker erwartet?"

„Ist das dein Ernst, Hannes?"

„Mira, dein Mann wird ständig mit irgendwelchen Problemen konfrontiert. Viele sind von viel größerer Bedeutung und Tragweite, und stehen in seinem Priorisierungsranking ganz oben.

Darüber hinaus ist ihm wohl in erster Linie daran gelegen, seine eigene Haut zu retten. So ist er nun mal. Die Konkurrenz schläft nicht. Nach dem Wahlkampf ist vor dem Wahlkampf."

„Du willst mir also damit sagen, er sei opportunistisch? Du bist doch gerade ebenso empathielos, kaltherzig und gleichgültig. Ich hatte gedacht du wärst mein bester Freund."

Mira fühlte sich durch das zusätzliche Unverständnis seitens Justus' im wahrsten Sinne des Wortes von Gott und der Welt verlassen.

Sie beendete das Telefonat abrupt und begab sich hinter das Haus in ihren kleinen Garten. Dort setzte sie sich mit ihrem hochwertigen, in bunter Wildseide gebundenem Notizbuch auf die mit hellblauem Lack gestrichene Gartenbank.

Traurig dachte sie über ihre Freundschaft mit dem Priester nach. Sie vergegenwärtigte sich alle bedeutsamen Momente: Ihre erste Verliebtheit in der Tanzschule. Ihre weiterhin wunderbare Freundschaft nach seiner Eheschließung mit Anyah. Sein Absturz, als er Frau und Kind verlor. Seine Metamorphose zu Miras moralischer Instanz, seit er Priester geworden war. Der Theologe war immer da, wenn Mira ein Problem hatte. Und Mira hatte eigentlich immer irgendein Problem.

In ihrer Trostlosigkeit betrachtete die 28-jährige Lyrikerin ein Gedicht, in dem sie bereits vor ein paar Jahren ihre schöne tiefgängige Freundschaft mit Justus verewigt hatte:

Platonische? Liebe

Ich hab' dir alles gesagt über mich
mein Herz geöffnet nur für dich
Du – Refugium meiner Seele,
Gedanken, Träume, Gefühle, Ängste,
geheimen Leidenschaften

Bedingungsloses Vertrauen –
bedingungslose Liebe
auf einer Ebene jenseits erotischer Erwartungen …?

… oder heimlicher Genuss
spannungsgeladenen Dauerknisterns
nicht ausgelebter Phantasie?

Freundschaft der Seelen –
Liebe ohne Grenzen, Zwänge, Forderungen,
geprägt von Transparenz, verbaler Freiheit, innerer Erfüllung

Vier offene Ohren,
zwei offene Herzen –
immer zuhörend, verstehend, wertend –
doch niemals abwertend

Tiefgang der Emotionen
bis in die tiefsten Abgründe der Psyche –
Seelenstriptease –
Berührung der Herzen –
wertvoller als körperliche Liebe
an der Oberfläche
physischer Existenz

Worte,
von denen jedes einzelne
direkt ins Herz trifft
Lächeln,
welches noch tagelang
dunkle Stunden erhellt

Augen,
tief versunken
in der inneren Welt des Gegenübers …
die reale Welt schwindet für den Moment

Zwei vereinte Seelen
zwei Herzen im Gleichklang,
die sich ineinander spiegeln und ergänzen –
zwei Hälften eines Ganzen

Mira nahm ihre Edelfeder zur Hand. In ihren rehbraunen Augen schimmerten Tränen.

Dann öffnete sie langsam den Schraubverschluss der Kapsel ihres Mont Blanc Meisterstück und war im Begriff, das von Hand Geschriebene durchzustreichen. Herausreißen wollte sie es nicht, um das schöne fadengebundene Büchlein nicht irreversibel zu beschädigen.

Schließlich ergänzte sie die Poesie in der Fußzeile unterhalb mit den beiden Worten:

Immer noch?

Drei

Um sich abzulenken, verließ sie das Haus und fuhr eine Runde mit ihrem silbernen Mountainbike. Sie war stolz darauf, dass sie alle sieben Bamberger Hügel ohne motorisierte Unterstützung hochkam.

Damit das auch so blieb, musste sie regelmäßig trainieren, um Kondition und Muskelkraft zu erhalten. Es machte ihr Spaß, und sie fand ihr inneres Gleichgewicht rasch wieder.

Andrés war inzwischen ohne weitere Kommentare ihr gegenüber zur Stadtratssitzung gegangen. Es würde sicherlich wieder sehr spät werden, da er hinterher für gewöhnlich noch auf einen Drink irgendwo einkehrte.

Auch Mira wollte den Rest dieses Mittwochs nicht allein zuhause verbringen.

Nachdem sie ihr Rad nach ihrer Rückkehr im Kellerraum geparkt hatte, zog sie eine enge schwarze Jeans, rote Lackschuhe und ihre knallrote Lederjacke an; fuhr mit dem Kamm schnell durch ihr langes dunkles Haar, legte knallroten Lippenstift auf und stolzierte aus dem Haus am Alten Graben.

Der Tag neigte sich dem Ende zu, und es war schwül und stickig. Sie zog die Lederjacke aus und legte sie lässig über den Arm.

Nahe ihrer Wohnung befand sich die Künstlerkneipe *Galerie am Stephansberg*.

Auf der Außentreppe saßen mehrere Studentinnen und Studenten entspannt in der Abendsonne und führten Gespräche über dies und jenes.

Mira betrat den Innenraum und bestellte ein Glas spanischen Rotwein Mirasoles Appassimento, weil er so perfekt zu ihrem Vornamen und ihrer Affinität zur andalusischen Metropole Málaga passte, wo sie vor einem Jahr temporär für die Autofirma Maybach gearbeitet hatte, und wo auch ihr Schwager mit dessen Familie sesshaft war.

Sie nahm am Bartresen Platz und begann eine lockere Unterhaltung mit dem sympathischen Inhaber, um sich ein bisschen zu zerstreuen.

Plötzlich hielt sie inmitten eines Satzes inne und horchte auf. An ihr Ohr klangen vertraute spanische unplugged Gitarrenklänge von einer klassischen Konzertgitarre.

„Die *Malagueña*", rief sie begeistert aus.

In der Ecke des Raumes erblickte sie einen attraktiven jungen Mann mit kastanienfarbenem Haar und dunklen Samtaugen. Er war mittelgroß und von schlanker, doch kräftiger Statur.

Als er ihren interessierten Blick auffing, nickte er ihr freundlich zu.

„Wer ist das?", fragte sie den Barbetreiber.

„Das ist Marvin Spaltnagel, ein sehr talentierter Musiker. Leider lebt er von der Hand in den Mund, da es ihm stets an lukrativen Aufträgen mangelt."

Als der Gitarrist seinen kleinen Auftritt beendet hatte, gesellte er sich zu Mira an die Bar. Der Gastronom machte die beiden miteinander bekannt.

„Vielen Dank für das großartige Gitarrensolo. Ich glaubte, in Málaga zu sein", sagte Mira zu ihm bewundernd.

Marvin reagierte zwar erfreut über das Kompliment, doch blieb er distanziert und unverbindlich, als wollte er keine weitere Interaktion mit ihr.

„Ich freue mich, dass es Ihnen gefallen hat, Frau Moreno. Tagtäglich höre ich anerkennende Worte, blicke in strahlende Augen. Mit Lobhudelei kann ich aber meine Miete nicht bezahlen", konstatierte er achselzuckend.

„Aber Marvin, bitte sag' doch einfach Mira zu mir, wir sind doch ungefähr gleichaltrig und beide freischaffende Künstler."

„Nein, nein, so einfach geht das nicht", erwiderte er abweisend.

„Im Gegensatz zu Ihnen bin ich nicht mit einem goldenen Löffel im Hintern zur Welt gekommen – Frau Bürgermeisterin."

Er lachte bitter.

Jetzt wurde Mira wütend.

„Ich verbitte mir solch eine Anrede. Was weißt du denn schon von meinem Leben? Ich bin eine eigenständige Persönlichkeit und nicht nur das Anhängsel von irgendwem."

„Das kann man leicht sagen, wenn die Rechnungen bezahlt sind und man sich seinem Hobby widmen kann", konterte er.

„Marvin – ich kenne finanzielle Engpässe aus eigener Erfahrung. Im Frühling letzten Jahres befand ich mich ebenfalls in einer verzweifelten Situation. Damals hatte ich ein überraschendes Angebot erhalten. Jetzt mache ich dir ein Angebot. In den nächsten Monaten plane ich eine Tour in einige deutsche Regionen. Für Lyrik- und Tanz-Darbietungen brauche ich eine Person, die die musikalischen Intermezzi live einspielt. Würdest du mit mir kooperieren?"

Marvin lachte. „Du meinst das nicht wirklich ernst, oder? Du kennst mich doch gar nicht."

„Was ich soeben gehört habe, genügt mir."

„Deine unumstößliche Entschlossenheit gefällt mir, Mira. Also gut, ich bin dabei. Du hast mich überzeugt."

Mira freute sich.

„Trinken wir auf das neue Dreamteam *Mira & Marvin*", jubelte auch der Kneipenwirt, und befüllte drei Gläser mit Mirasoles.

Vier

Ihre erste Auftrittsreise führte Mira und Marvin bereits wenige Tage später ans Meer nach Borkum, der größten ostfriesischen Insel der Nordsee, und der einzigen mit Hochseeklima. Mira hatte ihre Termine für die Frühlings- und Sommersaison schon vor mehreren Monaten organisiert. Die Musik sollte eigentlich in Ermangelung eines verfügbaren Musikers aus der Konserve, also vom Band, kommen. Somit freuten sich beide über die gegenseitige Aufwertungsmöglichkeit.

Der Monat Mai war in diesem Jahr bereits sehr heiß, was für eine Reise in den Norden durchaus von Vorteil war.

Um 7.26 Uhr waren sie am Bamberger Bahnhof in den Main-Spessart Regionalexpress-Doppelstockwagen der Linie RE 54 nach Frankfurt gestiegen, und hatten sich innerlich auf eine fast zwölfstündige Fahrt, mit Umstiegen in Frankfurt, Münster und Emden eingestellt.

Im Obergeschoss hatten sie eine Vierersitzplatzgruppe mit schöner Aussicht ergattern können, zumal die beiden mit Gitarre, Büchern, Tanz- und Dekoequipment etwas größeren Platzbedarf hatten.

Andrés hatte Mira am Morgen noch gefragt, ob es denn unbedingt sein müsse, dass sie so eine aufwändige und weit entfernte Tour mache, doch Mira gab ihm knapp zu verstehen, dass sie zu keiner Planänderung bereit sei und auch nicht darüber diskutieren würde. Schließlich wolle auch sie ihre berufliche Bestimmung und Ambition ausleben dürfen.

Linker Hand schlängelte sich der Main. Die Vegetation zeigte sich saisongemäß prall und üppig. Eine Vielfalt unterschiedlicher Grüntöne war in den umliegenden Waldgebieten zu sehen; ein helles, junges Maigrün leuchtete besonders dominant daraus hervor. Mira war vom Schauspiel der Natur fasziniert.

„Sieh mal, diese satten, saftigen Farben, wie schön."

Marvin zuckte mit den Achseln.

„Na ja. Eigentlich hätten wir auch nach New York fliegen können. Das wäre mir lieber gewesen. Dort gibt es coole kleine Clubs, in denen wir hätten auftreten können. Da könnten wir ganz groß rauskommen.

Und was viele gar nicht wissen: In New York kann man auch richtig Strandurlaub machen. Was tun wir also hier? Borkum ist doch ganz abseits der Zivilisation, und obendrein soll es dort kalt und windig sein."

„Lass dich überraschen, du Größenwahnsinniger", schmunzelte Mira kopfschüttelnd.

„Ich lasse mich von dir nicht provozieren, weil ich gelernt habe, nicht jeden Schuh anzuziehen, den man mir ungefragt hinstellt.

Mir gefällt es hier. Ich sehe Landschaften und Leute, und lasse mir die Vorfreude von dir nicht nehmen. Lebst du eigentlich schon immer in Bamberg?", fügte sie hinzu und lenkte den Dialog damit auf ein anderes Thema.

„Ja, ich schon. Meine Mutter kommt aus Osteuropa. Von ihr habe ich das musikalische Talent geerbt. Ich wollte niemals etwas anderes machen, und das werde ich auch nicht."

Mira nickte.

In Emden verließen sie die Bahn, stiegen auf den Katamaran und setzten sich in den geräumigen Innenraum, da es an Deck zu stürmisch war. Der starke Wind bewirkte einen hohen Wellengang, wodurch der Boden heftig schwankte. Das Meerwasser peitschte wild an die Scheiben.

Die Überfahrt dauerte nicht lange. Bereits nach einer knappen Stunde war am Horizont die Insel Borkum mit ihrem markanten Leuchtturm zu sehen.

Als sie wenig später den Hafen erreicht hatten, stiegen sie in die kleine Inselbahn, die sie, flankiert von ziegelroten Klinkerhäusern und orangefarbenen Sanddornsträuchern, in den Ortskern brachte. Dort hatten sie zwei Einzelzimmer in einer kleinen Pension gebucht.

Nachdem sie ihre Unterkunft bezogen hatten, wollte Mira sofort einen Spaziergang am Strand unternehmen.

Der Wind fegte kraftvoll über die Dünen des Nordstrandes und blies den fast staubfeinen Sand durch die Lüfte. Das Rauschen der See war laut, die schäumende Meeresbrandung entsprechend vehement. Mehrere Strandsegler rasten ungebremst über die sandigen Freiflächen, dort, wo keine Strandkörbe mehr aufgestellt waren.

Mira zog ihre Schuhe aus und hob die Arme empor. Strahlend tänzelte sie über den vom Gewässer erhärteten Sandboden, und versuchte, ihre Glücksgefühle an Marvin zu übermitteln.

„Ach, wie ist das herrlich hier. Sand unter den Füßen, Meerwasser darüber – der Körper ist durchblutet, das Gehirn mit Sauerstoff durchflutet …"

Marvin lachte. „Du Poetin!"

„Wusstest du, dass die Insel früher, bis knapp vor dem Ende des 14. Jahrhunderts, Borkna hieß, und nach dem Frieden von Tilsit von 1807 bis 1810 zu Holland gehörte? Wir sind vorhin auch kurz durch niederländisches Gewässer geschippert, mein Handy zeigte mir den Mobilfunknetzwechsel an."

„Vielen Dank für den Geschichtsunterricht, Frau Professorin", ironisierte Marvin.

Als sie durch die Strandstraße zurück zur Pension gingen, wurden sie vom stetig rotierenden Lichtstrahl des 60 Meter hohen Leuchtturms erfasst, der dominant alle anderen Gebäude überragte.

Durch die frische salzhaltige Seeluft sank Mira sofort in einen tiefen, traumlosen Schlaf.

Am nächsten Morgen war sonniges Wetter, der Wind hatte sich ein wenig gelegt, und sie wollten vor dem abendlichen Auftritt und ihrer morgigen Rückfahrt noch die Meeresuferregion genießen. So packten sie ihre Badesachen ein und spazierten auf der Promenade Richtung Südstrand. An einer menschenleeren Stelle in den Dünen legten sie sich in den warmen Sand.

„Ach, ist das herrlich", freute sich Mira.

„Der Sand ist so fein, dass er sich völlig an den Körper anpasst. Keine Matratze der Welt könnte bequemer sein."

Ihr Blick folgte den Buhnen, fiel dann auf die Robbenbank in der Ferne und zuletzt auf die zahlreichen kleinen glatten und längsgerillten Muschelschalenhälften, die die Wellen angespült hatten.

„Weißt du, was mir am Meer so gefällt? Es verdeckt und offenbart zugleich. Jede Welle überschwemmt unsere Fußspuren, verwischt und glättet sie. Die Flut deckt alles zu. Die Ebbe legt hingegen alles frei. Wie diese schönen Muscheln hier, doch leider enttarnt sie auch den gesamten Unrat."

„Und davon gibt es viel zu viel auf unserer Welt, nicht nur im Meer. Damit meine ich nicht nur den gegenständlich sichtbaren. Komm, lass uns etwas essen gehen, dort drüben ist ein Restaurant", entgegnete Marvin.

„Oh ja, die Seeluft macht hungrig", bestätigte Mira.

Auf dem Dach des Hauses befand sich eine Storchattrappe in einem Nest. *Heimliche Liebe* hieß die Gaststätte in der Süderstraße, die originell mit Seemanns- und Neptunsfiguren, Bootsmodellen, Seekarten und ähnlichen maritimen Attributen dekoriert war. Am Fenster fanden sie einen Tisch mit freiem Blick direkt auf die Nordsee.

Sie bestellten einen Küstenfischerteller mit Goldbarschfilet, Kabeljaufilet und Muscheln.

„Oh, wie ist das alles lecker. Ich fühle mich wie im Urlaub", begeisterte sich Mira.

Nach dem Essen holte sie ihre Kladde aus dem Rucksack, und verewigte darin ihre Inseleindrücke:

Nordseeinsel Borkum

Ich gehe die Strandstraße hinauf
freudige Erwartung im Herzen
am Horizont blitzt die See
wie kostbares Edelgestein.

Der Sand ist weich, warm und fein
die Luft riecht nach Meer.
Im Priel schwimmen Seesterne
scheinbar endlos erstrecken sich die Dünen
wie eine hügelige Wüstenlandschaft
aus Sand und Gras.

Kreischende Möwen gleiten durch die Lüfte
die Sicht ist klar und reicht bis weit in die Ferne …
nicht aber bis zum Festland –
dort, wo das Hamsterrad lauert
weitab von Freiheit und Urlaubsglück!

Am Abend nach einem stimmungsvoll-güldenen Sonnenuntergang hatte das Künstlerpaar einen Auftritt neben dem Musikpavillon an der Strandpromenade, wo mehrere Musiker, Lyriker und Tänzer ihre Darbietungen unter dem Veranstaltungstitel *Europäische Meeresart* präsentierten.

Mira trug einige ihrer Gedichte vor, die in Andalusien entstanden waren und lauschte dann fasziniert Marvins Einlage. Es war unglaublich, wie sich der junge Mann verwandelte, sobald er sein Instrument in den Händen hielt. Er war gelöst, wirkte authentisch, war ganz in seinem Element.

Mit seinem ersten Zwischenspiel *Moliendo Café* transportierte er die gesamte Wärme des Mittelmeers an die Nordsee.

Das emotionale *Historia de un amor* bescherte ihm tosenden Applaus und stehende Ovationen. Marvin strahlte. Mira noch mehr. Und der klare Sternenhimmel überstrahlte das gesamte Geschehen.

Fünf

Nur wenige Wochen später stand die nächste Kooperationstour im Rahmen von Miras Sommertournee auf der Agenda. Wieder ging es Richtung Frankfurt, nur dass die Wolkenkratzer- und Bankenstadt diesmal das eigentliche Reiseziel war.

„Frankfurt ist eigentlich nicht mein Ding", lamentierte Marvin während der Bahnfahrt.

Mira lachte. „Du wolltest doch unbedingt nach Manhattan. Jetzt geht es eben zum Aufwärmen erst mal nach Mainhattan! Mainhattan am Main, im Mainstream sozusagen. Dort, wo der Mammon regiert."

„Sag mal, du siehst immer nur das Positive, nicht wahr?", erwiderte Marvin kopfschüttelnd.

„Sieh dir das an", gab ihm Mira zur Antwort und wies mit der linken Hand durch das Zugfenster nach draußen. Sie passierten gerade das direkt hinter Schweinfurt gelegene Grafenrheinfeld. Inmitten der Natur zwischen gelben Rapsfeldern und grünen Wiesen, waren ganz deutlich die beiden markanten Kühltürme des inzwischen stillgelegten Kernkraftwerks zu sehen. Einige hundert Meter links daneben ragten die Zwiebeltürmchen einer barocken Kirche mit gelblicher Fassade empor.

„Alle Machthaber errichten ihre Türme in die Höhe. Die Symbole ihrer wichtigen Bedeutung ragen gen Himmel.

Die Politiker, die Wirtschaftsbosse, die Kleriker. Jeder auf seine Art. Wir aber, als Kulturschaffende, sind frei, und können thematisieren, subtil oder lautstark kritisieren, den Spiegel vorhalten, den Finger tief in die Wunde legen, oder auch nur an der Oberfläche kratzen oder aber Freude verbreiten und Begeisterung übertragen, je nachdem, welche Stimmung oder Haltung gerade in uns vorherrscht. Ist das nicht wunderbar?"

„Sie ragen zum Himmel? Sie stinken zum Himmel, meinst du wohl", kommentierte Marvin verächtlich.

„Sag mal, gibt es denn überhaupt gar nichts, was dich ängstigt oder woran du Anstoß nimmst?", fügte der Musiker hinzu.

„Doch, Marvin, da gibt es sogar sehr vieles. Am schlimmsten ist für mich die Vorstellung der Existenz der Reinkarnation. Ich hoffe so sehr, dass es sie nicht gibt, denn das wäre für mich der Horror schlechthin. Stell dir nur vor, dieser berühmte, sagenumwobene Tunnel ins Licht zum Zeitpunkt des physischen Ablebens, ist in Wirklichkeit der Geburtskanal zum nächsten Leben, zu deiner nächsten Inkarnation.

In Endlosschleife würdest du somit sofort wieder zum Startpunkt zurückgeworfen werden. Das ist wie beim Mensch-Ärgere-Dich-Nicht-Spiel, wo du kurz vor dem sicheren Häuschen aufgrund eines Rauswurfs wieder bei Null beginnen musst, alternativ ist es mit Sitzenbleiben in der Schule vergleichbar. Du müsstest alles, was du bereits erreicht hast, nochmals absolvieren, jede einzelne Prüfung auf deinem Lebensweg. Du müsstest dich demzufolge nochmals durchs Abi schwitzen, den Führerschein machen, den ersten Liebeskummer ertragen und durchleiden.

Deine gesamte Lebenserfahrung wäre gelöscht, auf den Werkszustand resettet, technisch ausgedrückt. Fazit: Du würdest von deinem glorreichen Status der freien Selbstbestimmung zurück in die abhängige Fremdbestimmung katapultiert. Deine Eltern und Lehrer würden dir vorschreiben, was du zu tun und zu lassen hast. Du würdest noch nicht ernst genommen werden, und dein großer Bruder würde dich ärgern, und dir jeden Tag erklären, wofür du noch zu klein bist.

Womöglich hättest du viel schlechtere Startvoraussetzungen, wenn du in eine bildungsferne und gewaltbereite Familie hineingeboren werden würdest, die dir keinerlei Zugang zu Mitteln ermöglicht, die deinen Horizont erweitern, und dir keine höhere Schulbildung genehmigt, obwohl du die Anlagen dafür hättest. Vielleicht bist du chronisch krank, faul, unansehnlich und obendrein unglücklich, weil du keine Freunde hast, deinen Schulabschluss nicht schaffst und die falsche Berufs- und Partnerwahl triffst.

Immer stößt du nur auf große unüberwindbare Mauern, die mit unzähligen, unsichtbaren Neins beschriftet sind, überall. Oder dich ereilen entsetzliche Schicksalsschläge. Ich möchte damit nur sagen, dass wir es doch echt guthaben, oder? Vor uns liegt ein langer Tag in Frankfurt, das Wetter wird bombastisch, lass uns doch einfach das Beste daraus machen, und nicht immer das Haar in der Suppe suchen."

Marvin nickte. „Du hast ja eigentlich recht. Aber in der christlichen Religion existiert keine Wiedergeburt."

„Ja, ich weiß, mein Freund Justus würde mich jetzt dafür schelten, solch eine Option überhaupt in Erwägung gezogen zu haben. In seiner Gegenwart schneide ich dieses Thema daher auch gar nicht an. Andere Statements von ihm nehme ich mir hingegen sehr zu Herzen. Er sagte einmal zu mir, wir seien unseren Mitmenschen nichts schuldig, nur Liebe. Und wir könnten tun, was immer wir wollten, insofern die Aktion mit der Gottes- und Nächstenliebe konform geht. Das gefällt mir. Ich glaube nämlich fest an den Bumerangeffekt unserer Handlungen, seien sie gut oder böse."

Die Lyrikerin wandte sich wieder ihren Notizen zu, die sie unterwegs für ihre nächste Publikation machte.

„Sag mal, warum machst du dir eigentlich so viel Arbeit? Du bist ja Tag und Nacht in deine Poesien oder in irgendwelche Tanzschrittabfolgen involviert. Warum nutzt du denn nicht die neuen Techniken der KI wie zum Beispiel Chat GPT?", fragte der Musiker kritisch.

„Ganz einfach. Weil dies meiner Berufsehre, oder noch besser, Berufungsehre widerspricht. Darüber hinaus steht diese Methode gegen meine kreative selbstbestimmte Schöpfungsbegeisterung, sie ist gegen die Bezeichnung Autorin gerichtet. Autorin bedeutet Urheberin.

Ein Lyrikband wäre dann nämlich nicht mehr mein Lyrikband, sondern der eines programmierten Roboters. Ich brauche ein Erfolgserlebnis, das Gefühl, eine eigene sprachliche Kreativleistung vollbracht zu haben und stolz auf mein Resultat sein zu können. Wenn es auch vermeintlich Besseres auf dem Markt geben mag. Aber das, was ich schreibe, ist ganz das Meine.

Ich wurde einmal von der Presse gefragt, ob ich mit Tinte oder am PC schreibe, und ich antwortete damals: Das ist völlig irrelevant, denn ich schreibe in jedem Fall mit Herzblut. Kein Roboter dieser Welt weiß genau, wenn ich etwas erlebt habe, wie ich es erlebt habe, was ich dabei denke und fühle, weil die individuelle Perspektive jeder Person eine andere ist. Unser Dompfarrer hat es übrigens einmal in einer Predigt auf den Punkt gebracht:

‚KI ist meines Erachtens keineswegs künstliche Intelligenz, sondern die Initialen stehen für keine Ideen, keine Inspiration, keine Initiative, keine Impulse, keine Identifikation, auf einen Nenner gebracht: künstliche Ignoranz.'

Es gibt so einiges, was ich lieber mit den Initialen KI assoziiere als Künstliche Intelligenz. Wie wäre es zum Beispiel mit Kant Immanuels Kategorischem Imperativ? Mein Leitmotiv!

Zufällig spiegeln dies sogar die Initialen seines Namens wider.

Und jetzt bitte ich dich um ein paar Minuten Ruhe. Wie soll denn etwas in mir entstehen können, wenn ich von außen ständig zugespammt werde? Ich brauche meinen inneren Rückzug", grenzte sich Mira höflich, aber bestimmt ab.

„Eigentlich bräuchte ich jetzt eine Dusche", seufzte sie dann wenige Minuten später.

„Eine Dusche? Die Klimaanlage ist doch perfekt eingestellt", erwiderte Marvin erstaunt. Mira lachte.

„Eine entspannende Dusche ist die beste Inspirationsquelle für mich. Wo das Wasser sprudelt, sprudeln auch die Ideen aus mir heraus. Manchmal verlasse ich die Duschkabine und rase, wie Gott mich erschaffen hat, zu meinem Schreibtisch, damit ich nicht vergesse, was mir gerade eingefallen ist."

„Das möchte ich mir jetzt aber lieber nicht bildhaft vorstellen", entgegnete der Gitarrist augenzwinkernd, „sonst brauche nämlich ich eine Dusche – und zwar eine eiskalte!"

Wer reist befindet sich mitten im Leben, und erfährt besonders intensiv gelebte, meist unvergessliche Momente. Fast drei Stunden waren seit ihrer Abfahrt vergangen, und vor ihnen offenbarten sich nun all die extrem hohen, teuren, modernen, teilweise gläsernen Prachtbauten der Mainmetropole, darunter alle Banken mit Rang und Namen, der Messeturm, der wie ein Bleistift aussieht, und wo die bekannte Buchmesse alljährlich stattfindet.

„Ich will auf all diese Türme hinaufsteigen", rief Mira begeistert, „von dort oben hat man bestimmt eine großartige Aussicht, und das Wetter ist so toll heute."

Marvin lachte.

„Dein Enthusiasmus und deine Euphorie sind wirklich unübertrefflich. Für dich gibt es ja auch nur gesunden Eustress, nicht wahr? Langsam steckst du mich damit an."

„Das war meine Intention", lächelte Mira.

„Wir müssen gleich aussteigen, hier ist die Endstation."

Der Zug fuhr gerade in den Frankfurter Hauptbahnhof, einen Sackbahnhof, ein. Es herrschte allgemeine Aufbruchstimmung unter den Reisenden aller Herren Länder, sämtlicher Kontinente und jeglicher Couleur, die sich an Bord befanden.

Die Businessleute in feinem Zwirn in der ersten Klasse klappten ihre Notebooks zu und griffen nach ihren Trenchcoats und Aktentaschen, die Studenten und Arbeitspendler nach ihren Rucksäcken, die Shoppingtouristen nach ihren Taschen und Tüten, die Fernreisenden hektisch nach ihren großen Koffern und sonstigen Habseligkeiten, einige sportaffine Zeitgenossen nach ihren teuren Carbonrädern, Mütter nach den Buggys, Mira nach ihrem knallroten Bordtrolley, Marvin nach seiner Gitarre, seiner Braut, wie er stets zu scherzen pflegte.

„Haste mal 'nen Euro für mich?", fragte ein Pfandflaschensammler Mira.

Mira hatte kein Münzgeld bei sich, reichte ihm jedoch bereitwillig ihre leergetrunkenen Wasserflaschen. Er bedankte sich höflich, sogar geradezu demütig.

Als der Zug hielt, war einer der Bettler schnell unbemerkt hineingestiegen, um sich der Wärme, des Wassers zum Waschen und des WCs bedienen zu können.

Sie wähnen sich in der Illusion, dass sich etwas bewegt, wenn ansonsten schon alles in ihrem Leben stagniert und den Bach runtergeht, und wenn es auch nur der Zug ist. Es geht irgendwie vorwärts, es geht voran, im Doppelstockwagon sogar aufwärts.

Bahnhöfe und Flughäfen sind daher bevorzugte Aufenthaltsorte obdachloser Menschen, nicht nur der Bettelmöglichkeiten wegen, sondern weil sie das pralle Leben beinhalten, die Dynamik der ständigen Bewegung, das Urlaubsgefühl, das das Betrachten der Anzeigetafeln vermittelt.

Der Hauptbahnhof einer Metropole ist ein ganz besonderer Ort, an dem man den Puls der Stadt spürt. Draußen im offenen Bahnhofsgebäude im Bereich der Bahnsteige sprinteten die Zugpassagiere, ihre Trolleys am Teleskopgestänge vor sich her rollend, in alle Richtungen, um ihren Anschlusszug zu erreichen.

Auf dem Bahnhofsgebäudevorplatz lagen die Menschen auf der Straße. Abgestumpft, alkoholisiert, einige monologisierten lautstark. Mira wurde mehrfach um finanzielle Unterstützung gebeten. „Man sollte hier irgendwo eine Kleiderecke, eine Garderobe mit Haken installieren, wo Passanten ihre nicht mehr benötigten Klamotten, Mäntel, Taschen und Schuhe deponieren können, und Bedürftige sich dort ganz unkompliziert ohne Scheu und Scham das nehmen dürfen, was sie gerade benötigen, ohne zuvor jemanden darum bitten zu müssen", dachte Mira im Stillen bei sich.

Während sie auf die unterirdische Verbindung der Bahn S3 warteten, erzählte ihr einer der Bettler verbittert, dass er eine entsetzliche Kindheit gehabt habe, und in der Schuld seiner Eltern der Grund für seinen heutigen Zustand wurzle. Mira schenkte ihm ein warmes Lächeln und sagte jedoch im bestimmten Tonfall zu ihm: „Das tut mir sehr leid für Sie. Aber

Ihre Kindheit ist vorbei. Lassen Sie sie jetzt hinter sich. Lassen Sie sie los. Krempeln Sie die Ärmel hoch, suchen Sie sich Hilfe, organisieren Sie ihr Leben und blicken Sie nach vorne."

Eine ungepflegte, stark alkoholisierte, nach billigem Fusel riechende Kreatur drängte sich dazwischen, legte plump den Arm um Miras Schulter und belästigte sie mit derber Wortwahl: „Komm Mädel, lass uns heute vögeln. Morgen haste Falten."

„Ich bin nicht gewillt, auf diesem Niveau mit Ihnen zu sprechen. Und rühren Sie mich nicht an." Mira stieß ihn von sich und ging hoch erhobenen Hauptes weiter.

„An dir wäre eine gute Streetworkerin verlorengegangen, du lässt dich nicht einschüchtern, Respekt. Hierzulande habe ich noch nie so viele deutlich erkennbare heimatlose Personen gesehen. Und das neben all diesem Reichtum", bemerkte Marvin, halb empört, halb anerkennend, und blickte zu den Glasfassaden der Banken empor.

„Ich hatte dich für eine verwöhnte Bürgermeistersgattin gehalten und muss zugeben, dass ich mich in meinem Vorurteil sehr geirrt habe", fügte er nachdenklich hinzu.

„Ich versuche, mit jedem auf Augenhöhe zu sprechen, aber das ist bei diesen Extremfällen wirklich nicht immer ganz einfach, weil einige auch ausrasten und schreien. Gewaltbereitschaft macht mir Angst. Und mit einem Euro hier und einem Euro dort ist die Problematik ja nicht vom Tisch. Ich glaube, dass das Hauptproblem dieser Gesamtsituation nicht das jeweilige Problem, sondern der Umgang mit den Problemen an der Basis ist. Dies betrifft sowohl die Verantwortlichen in der Politik als auch die Bedürftigen selbst.

Schritt für Schritt könnte der Ausstieg aus dieser Misere gelingen. Aber die Betroffenen beider Seiten sehen wohl nur den großen unüberwindbaren Berg und resignieren."

Ein ganz anderes Bild der Mainmetropole erhielten sie jedoch, als sie nach Frankfurt Süd zurückfuhren und dort den Bus Nr. 48 zum Goetheturm nahmen. In der ihr eigenen Begeisterungsfähigkeit fand Mira sofort Gefallen am Frankfurter Stadtwald im Stadtteil Sachsenhausen, wo der nach dem gebürtigen Frankfurter Johann Wolfgang von Goethe benannte, 43 Meter hohe hölzerne Aussichtsturm direkt neben einer großen Waldspielplatzanlage mit Labyrinth und dem Ausflugsrestaurant *Goetheruh* errichtet worden war. Mira ergriff Marvins Hand.

„Komm, ich will da rauf", rief sie, und rannte im gleichen Augenblick auch schon los.

„Du Energiebündel", lachte Marvin.

„Schließlich trägt der Turm den Namen des größten deutschen Dichters. Wenn das keine Motivation für meine Wenigkeit als Lyrikerin ist", kokettierte sie.

Rasch erklommen die beiden die 196 Stufen. Oben angekommen bot sich ihnen eine fantastische Aussicht auf die Baumwipfel und die Skyline. Flugzeuge im Landeanflug glitten über ihre Köpfe hinweg, zum nahe gelegenen Frankfurter Flughafen.

„Ich fühle mich immer so frei, wenn ich auf Türmen oder Bergen stehe. So befreit von allen Belastungen, zumindest temporär", strahlte Mira.

„Ja, das ergeht mir auch so", pflichtete Marvin ihr bei.

Mira bemerkte erst jetzt, dass sie noch immer Marvins Hand umklammert hielt. Sie blickte in seine braunen Samtaugen und ließ sie verlegen los.

„Gehen wir wieder hinunter", entfuhr es ihr eine Nuance schroffer als gewollt, um sich dem plötzlich flüchtig entstandenen Knistern mit rationaler Brachialgewalt wieder zu entziehen.

Da sie voran ging, konnte Marvin ihren Gesichtsausdruck nicht sehen. Entspannt war sie nicht.

„Was bahnt sich da in mir an?", fragte sie sich, indem sie gegen das beklemmende Ziehen in ihrem Bauch ankämpfte.

Unten angekommen, nahmen sie an einem der Tische im Außenbereich des Restaurants *Goetheruh* Platz und bestellten regionale Spezialitäten:

Eine Karaffe Riesling-Wein, eine Flasche Wasser, zwei Schnitzel mit Kartoffeln, harten Eiern und grüner Soße.

„Welch ruhigen Kontrast zur belebten Innenstadt bietet doch dieses Lokal inmitten der Natur", staunte Mira, überrascht um sich blickend.

Anschließend unternahm das Duo einen Spaziergang entlang des zentral gelegenen Mainkais, kehrte auf einen Kaffee im direkt im Fluss gelegenen *Bootshaus* mit Blick auf fast alle Skyscrapers ein, und spazierte über den beidseitig von Liebesschlössern behangenen Eisernen Steg bis hin zum Römerberg.

„Sicherlich werden diese Schlösser in der rosarot bebrillten Phase erster Verliebtheit hier aufgehängt", überlegte Mira. „Wie viele Beziehungen, die ihre Gefühle an diese Brücke gekettet haben, werden wohl dann später auch mit Ringen und profan-bürokratischem sowie kirchlich-himmlischem Segen besiegelt?", lachte sie amüsiert.

Marvin zuckte mit den Achseln. „Das ist alles nicht so mein Ding", meinte er.

Sechs

Am frühen Abend hatten die beiden dann ihren Auftritt im *Main Tower* Restaurant & Lounge, welches in der 53. Etage des gleichnamigen Turmes gelegen ist. Dort feierte heute Dr. Alexander Jakobs, Bamberger Immobilienunternehmer der Firma Himmelsbote & Volk, die für hochwertigste Objekte in aller Welt steht, seinen 50. Geburtstag mit Geschäftspartnern und Freunden. Als einer der beiden Hauptsponsoren der Veranstaltung *Festate* neben dem Maybach-Mogul Sándor Dorian, und enger Freund von Lars Steinbock, hatte letzterer Mira diesen Auftrag vermittelt.

Kurz vor ihrer Präsentation waren die beiden Künstler noch mit dem Aufzug auf die Aussichtsplattform im 55. Stockwerk gefahren, von wo aus sie noch ein paar Treppen nach oben in das 56. steigen mussten, um dann in frischer Höhe von 200 Metern den Open Air-Rundumblick über die Stadt Frankfurt und das gesamte Rhein-Main-Gebiet inklusive Taunus, Odenwald und Spessart, genießen zu können.

„Ach, ist das herrlich hier", schwärmte Mira.

„Ich fühle mich wie in New York. Dort war ich zwar noch nie, aber der Big Apple steht natürlich auf meiner Bucket List ganz oben."

Fast die gleiche Aussicht bot ihnen auch das runde, rundum verglaste Restaurant. Die beiden hatten sich noch kurz frisch gemacht und waren pünktlich um 18 Uhr in der Lounge, wo sie Dr. Jakobs ihre Glückwünsche überbrachten. Der hatte sich, von ungefähr 50 elegant gekleideten Festgästen umringt, passend zu seinem Namen handgetauchte norwegische Jakobsmuscheln und Champagner bringen lassen. Nach einer kurzen Ansprache des Gastgebers spielte Marvin den *Tango Nr. 5* vom Herbert Pixner Project, und Mira trug ein Gedicht vor:

Bestimmte Begegnungen

Zur richtigen Zeit
am richtigen Ort zu sein
mag manch Einer dem Zufall zuschreiben.

Zufälle jedoch gibt es nicht –
alles entspringt göttlicher Fügung
alles untersteht dem höheren Plan
der dein Leben bestimmt und verändern kann.

Jedes Ereignis, jede Begegnung
ist eine Prüfung oder Segnung.
Begib dich in den göttlichen Flow –
und wertvolle Momente
werden dein Leben durchwirken
Geschenke und Chancen –
in gewisser Art und Weise
auf deiner Lebensreise.

Gefühlte Nähe,
seelenbereicherndes Glück
vom Schicksal beschlossen
und mitten ins Herz getroffen.

Sind oft auch Hürden
zu überwinden
niemand kann behindern
was Gott will verbinden.

Abschließend coverte Marvin mit Playback-Support den Song *Das Großstadtlied* mit dem Refrain und Untertitel *Über den Dächern der großen Stadt* von Ulrich Tukur, welcher ganz wunderbar in dieses Ambiente passte.

Sieben

Als sie sich auf den Heimweg machten, hatten sie bis zur Abfahrt ihres Zuges noch fast eine Stunde Zeit. Sie begaben sich in die gut sortierte Bahnhofsbuchhandlung, um dort ein bisschen die Neuerscheinungen zu begutachten und zu schmökern. Mira interessierte sich insbesondere für Belletristik, während Marvin hingegen in der Süddeutschen blätterte. Als Mira sich zu ihm gesellte, erblickte sie ein ihr gut bekanntes Gesicht: Der Artikel trug die Überschrift:

Faked Faces in Facebook

Daneben war ein großes Foto von Lars Steinbock zu sehen.

„Hört das denn nie auf?", stöhnte Mira.

„Wir sollten dringend etwas dagegen unternehmen. Wenn ich nur wüsste, was wir tun könnten. Die Bevölkerung bekommt ein Bild geliefert, welches absolut nicht stimmig ist. In dem Artikel steht, dass Lars mutmaßlich der Drahtzieher von Profildarstellungen mehrerer inexistenter Personen auf diversen Social Media Plattformen sei. Diese Personen würden sich zur Stadtpolitik einseitig in seinem Sinne äußern, wenn es um die Unterstützung der Oberhäuptlinge seiner Partei ginge. Juristisch sei dies zwar unangreifbar, moralisch jedoch höchst verwerflich, weil dadurch die öffentliche Meinung beeinflusst würde. Ach ja, tatsächlich?", ironisierte sie. „Und durch eure Negativdarstellung wird sie das nicht?", wandte sie sich im Geiste an die Verantwortlichen dieses Presseartikels.

Marvin schwieg.

Zur gleichen Zeit in Bamberg warf Lars Steinbock die Süddeutsche Zeitung zum Altpapier, und schenkte sich einen doppelten Whiskey aus seiner gut bestückten Hausbar ein.

„Wie lange geht das noch so weiter? Langsam wird dieses Dauer-Mobbing unerträglich."

Seine Frau Zoey nickte zustimmend.

„Mir wird das auch bald zu viel, diese ständigen Ungerechtigkeiten gegen dich und all deine Handlungen. In allem, was du tust, suchen deine Gegenspieler und Mitstreiter etwas, woraus sie dir einen Strick drehen können. Sie messen mit zweierlei Maß.

Und sie machen ihre Freunde schlecht, statt sie zu unterstützen, weil sie die materiellen Werte über menschliche stellen. Das macht auf Dauer nicht glücklich. Und das sage sogar ich, als vermeintlich kalte Karriere-Bankerin. Inzwischen habe ich Magenschmerzen von diesem disharmonischen Dauer-Distress. Es ist entsetzlich. Morgens stehe ich auf und erwarte mit Bangen schon die nächste übertriebene Anschuldigung, eine weitere Horrorinszenierung.

Den Frankenkurier kann ich ja getrost ignorieren, aber an Social Media komme ich nicht vorbei. Ich bin schließlich PR-Beauftragte der Bank, und werde dadurch automatisch per Timeline mit den neuesten Boshaftigkeiten gegen meinen eigenen Mann konfrontiert. Seit Wochen kann ich mich nicht mehr richtig auf meine Arbeit konzentrieren. Wie lange geht das noch so?"

„Bis sie die nächste Sau durchs Dorf treiben können. Erst eine neue Schlagzeile, die aus einem neuen Fall konstruiert wird, der mit einer anderen interessanten Person in Verbindung steht, könnte durch deren Anprangerung die Aufmerksamkeit von mir abziehen."

„Sie haben doch überhaupt keinen Grund, deine Arbeit schlecht zu machen. Beim Zauberfestival *Magic Moments* waren die Plätze und Straßen rappelvoll, beim Weinfest auf dem Maxplatz saßen fröhlich feiernde friedliche Menschen zusammen, und auch *Festate* wird wieder ein Bombenerfolg werden, da bin ich mir sicher."

„Das ist wohl gerade das Problem. Es ist der Neid, der meine Gegner zerfrisst. Die Neidhammel schwingen ihre Moralkeulen, und statt vor ihrer eigenen Haustüre zu kehren, konzentrieren sie sich auf mich."

Am Frankfurter Hauptbahnhof stand nun auf Gleis 7 der RE 54 für die Abfahrt um 20.30 Uhr nach Bamberg für den Einstieg bereit.

Mira und Marvin gingen an Bord und genossen eine entspannte Rückfahrt nach Bamberg.

Mira sagte zu Marvin: „Diese Frankfurt-Tour war so kurzweilig für mich. Ich hatte mir die Stadt ganz anders vorgestellt."

„Tja, wenn sich fünf Stunden anfühlen wie eine, dann hat man sie mit der richtigen Person verbracht", lächelte Marvin.

„Weißt du, mir gefällt die Metapher vom Leben als Bahnfahrt so sehr. Das Leben ist wie eine Bahnfahrt. Nicht alle Passagiere sind bereits am Start zugegen, einige kommen unterwegs hinzu, andere wiederum steigen aus. Entweder aus deinem Leben oder weil das ihre endet. Manche sind nur für eine Station dabei. Nicht alle haben die gleiche Bedeutung für dich, und du weißt auch nicht, wer an der Endstation noch in deiner Nähe sein wird", fügte Mira hinzu.

„Das ist ein Grund mehr, Dingen und Menschen, die einem nicht guttun, eine nicht allzu große Plattform zu bieten. Und besser seine kostbare Lebenszeit mit den Personen zu verbringen und den Inhalten zu widmen, die es wert sind, nicht wahr?", sinnierte Marvin.

„Vielleicht sollte man unnötige Belastungen weglassen, sich einfach galant entziehen und seine Gedanken umleiten und in andere Bahnen lenken. Man sollte sich gar nicht über Dinge aufregen, auf die man keine direkte Einflussmöglichkeit hat. Auf jeden Fall fühle ich mich gerade sehr glücklich. Es ist schön, mit dir unterwegs zu sein und mit dir zu arbeiten."

Acht

Im Kölner Stadtteil Ehrenfeld gab es ein stillgelegtes, verlassenes ehemaliges Werksgelände, auf dem einige ausrangierte DB-Wagons auf einem Abstellgleis standen. Hier fand alljährlich die literarische Veranstaltung *Bahnlit* statt. Mira und Marvin waren mit dem DB-Nightjet angereist und freuten sich wie die Schneekönige auf ihren bevorstehenden Auftritt.

„Da wir das namensähnliche *Bamlit* in Bamberg haben, bin ich ganz gespannt, was uns hier heute erwartet", rief Mira erfreut aus.

Es war noch früh am Morgen, als sie den Kölner Hauptbahnhof in der Nähe der Domplatte erreichten. Über die Hohenzollernbrücke, die Schätzungen zufolge mittlerweile von rund 750.000 Liebesschlössern dekoriert war, spazierten sie dann auf die andere Seite des Rheins, wo sie sich auf die Betonplatten am Ufer setzten und ihren mitgebrachten Caffè Americano aus Miras stylischer Thermosflasche tranken.

„Der schmeckt aber sehr italienisch", kommentierte Marvin.

„Das ist er auch, du Dummkopf. Er heißt doch nur so, weil die amerikanischen Soldaten im zweiten Weltkrieg während ihres Aufenthalts in Italien den Espresso mit der doppelten Menge Heißwasser verdünnten, weil er ihnen zu stark war", informierte Mira ihren Kompagnon.

Sie hatten den perspektivisch perfekten Ausblick auf die architektonisch ausgefallenden Kranhäuser, die jeglicher Statik zu trotzen schienen, und den unweit danebengelegenen gigantischen Dom, und sie bestaunten die immense Breite des Rheins.

„Hast du schon mal Eis zum Frühstück gegessen? Dort drüben ist eine Eisdiele", sagte Marvin und zeigte auf einen kleinen Pavillon.

„*Eisdealer*", las Mira, und schmunzelte. „Was wird hier wohl angeboten? Cannabis-Eis?"

Wenige Minuten später hatten die beiden einen riesengroßen Freundschaftseisbecher mit zwei langen Barlöffeln und ausgefallenen Sorten vor sich stehen, wie Ananas-Ingwer, weiße Schokolade-Chili, Nougat-Baileys, Waldfrucht-Vanille, Champagner-Limette. Ohne Sahne und ohne Sauce. Am Nebentisch stand ein kleiner herrenloser Teller mit Keksen. Die Naschkatze Mira griff eifrig zu, zumal sie seit ihrer Abfahrt nichts mehr gegessen hatte. Als sie die Eisdiele verließen, war ihr plötzlich etwas schummrig im Kopf, und sie begann grundlos zu kichern.

„Was ist denn mit dir los?", fragte Marvin überrascht.

„Was soll denn sein?", glueste Mira, inzwischen von Lachkrämpfen geschüttelt, die auch bei einem längeren Spaziergang durch die morgendliche Innenstadt nicht abnahmen.

„Ich weiß nicht, was es zu lachen gibt. Wir sind gerade mal ein paar Stunden hier, und mit unserer Anfahrt haben wir schon fast unser gesamtes Honorar ausgegeben."

„Ach Marvin, wie wäre es denn, wenn du nicht immer nur den Mangel fokussieren würdest, sondern zur Abwechslung einmal das, was du hast? Du siehst nicht dein Tortenstück, sondern du beleuchtest das Vakuum des fehlenden Teilausschnittes!"

„Ich hasse Torte", stieß er mit gerümpfter Nase hervor.

Mira lachte erneut. „Dann stell dir doch stattdessen einfach eine Pizza vor."

„Das ist doch endlich mal ein guter Vorschlag", entgegnete der Künstler. „Ich habe Hunger, lass uns irgendwo eine Pizza essen."

Im Ehrenfelder Restaurant *Piccola* war noch ein Tisch im Straßenbereich frei. Sie bestellten eine große Margherita mit Büffelmozzarella, extra Knoblauch und frischem Basilikum.

Als die Pizza gebracht wurde und Mira sie großzügig mit scharfem olio piccante beträufelte, kicherte sie noch immer.

„Wenn ich es nicht besser wüsste, würde ich denken, du seist betrunken", nölte Marvin. „Dabei haben wir exakt das gleiche gegessen und auch dieselben Getränke zu uns genommen", ergänzte er nachdenklich.

„Moment mal, dieses Gebäck in der Eisdiele! Davon hast nur du gekostet. Womöglich waren das Haschischplätzchen", rief er aus. Die angeheiterte Mira hörte ihm gar nicht zu, schon wieder ereilte sie ein heftiger Lachkrampf.

Gegen Abend hatte die berauschende Wirkung zum Glück weitgehend nachgelassen. Die Luft war lau, der Himmel blau, auf dem Veranstaltungsgelände hatten sich viele Personen jeglichen Alters eingefunden. Die engagierte, ganz in schwarz gekleidete Eventmanagerin Kira begrüßte das Künstlerpaar und zeigte den beiden den Garderobe-Wagon, wo sie sich umziehen und frisch machen konnten. Dafür war dieser Wagon ausgestattet, mit Schließfächern für die wichtigen Habseligkeiten bzw. Essentials, wie Mira zu sagen pflegte. Ein weiterer Wagon erfüllte die Funktion des Speisewagens, der dritte diente exklusiv der Präsentation. Gerade war ein Techno-Duo namens *Døpair*, bestehend aus den zwei jungen

Mädchen Laura und Käthy aufgetreten, die ihren Auftritt mit einer nachfolgenden Poetry-Slam-Präsentation verbanden. Den Veranstaltern war daran gelegen, jede Altersklasse anzusprechen. Im Freien loderte lichterloh ein Lagerfeuer, um das sich das Publikum im Halbkreis geschart hatte.

Wenige Meter neben den aufsteigenden Flammen präsentierte Mira einen Flamenco im knallroten Kleid mit schwarzer Spitzenstola und roten Lackschuhen. Marvin, als Torero, mit wilder halblanger Frisur, in schwarzen Jeans, weißem Hemd, schwarzem Matador-Jackett und schwarzen Sneakers spielte dazu auf seiner Konzertgitarre ein Medley aus der renommierten Oper *Carmen*. Selbstvergessen blühte er auf und befand sich deutlich sichtbar im Flow. Wenn er seine Gitarre zum Erklingen brachte, durchlebte er eine Metamorphose, wie eine Raupe zum Schmetterling. Mira war jedes Mal auf das Neue fasziniert, wie er sich in diesen Highlight-Momenten verändern konnte.

Im Anschluss an ihren Tanz präsentierte sie ihr emotionales, erotisches, dazu passendes Tango-Gedicht im Wagon, der speziell für die Lesungen vorbereitet und mit dem erforderlichen technischen Equipment ausgestattet war. Bis zu 50 Personen fanden darin Platz. Die Zuhörenden waren begeistert und würdigten ihre Darbietung mit tosendem Applaus.

Der Tanz

Deine Augen suchen mich
in der Menge
und fangen den Ausdruck
der meinigen ein.
Dein sinnlicher, durchdringender Blick
trifft mich mitten ins Herz.

Ich erhebe mich
und schreite langsam auf dich zu.
Meine rechte Hand berührt
und ergreift deine Linke,
die knisternde Spannung
subtiler Erotik liegt in der Luft.

Dein Arm umfasst meinen Körper
und zieht ihn ganz nah
an sich heran. Tuchfühlung …
Die sanften Klänge der Musik durchdringen uns –
Silbe für Silbe, Ton für Ton.

Unsere Körper schwingen
hingebungsvoll im Gleichklang,
drehen sich, taumeln, gleiten, schweben
in fließender Bewegung durch den Raum.

Unsere Seelen bekommen Flügel,
heben gemeinsam ab.
Ein leichtes Gefühl von Schwerelosigkeit erfasst uns.

Beschwingt versinken wir
umschlungen ineinander –
ergeben uns
der sehnsuchtsvollen
Leidenschaft des Moments
zerfließend vor feurigem
Verlangen … nach MEHR …

Marvin war draußen geblieben, da er noch telefonieren wollte. Als sich Mira nach ihrer Vorstellung wieder in den Garde-

roben-Wagon begab, um sich umzuziehen, lag dort Marvins Handy.

„Wie unvorsichtig", dachte sie. „Wir haben doch Schlüssel für die Schließfächer erhalten."

Gerade als sie es an sich nehmen wollte, um es in Sicherheit zu bringen, ging eine WhatsApp-Nachricht ein. Ein gewisser Herbert Esser schrieb:

„2.000 Euro ist mir die Sache durchaus wert. Gib mir innerhalb von 24 Stunden Bescheid, sonst werde ich den Auftrag anderweitig vergeben."

Just in diesem Moment betrat Marvin den Wagon und näherte sich Mira. Er erkannte sofort sein Gerät in ihren Händen und empörte sich: „Hey, das ist doch mein Handy. Was spionierst du darin herum?"

„Marvin, ich habe nicht die geringste Absicht, deine Privatsphäre zu verletzen", rechtfertigte sich Mira besten Gewissens. „Dein Handy lag hier auf dem Tisch und ich wollte es einschließen, um es vor potentiellen Langfingern zu schützen. Mein Kleid hat nun einmal keine Taschen."

Marvin nickte und der kurze Zwischenfall war rasch vergessen.

Nicht vergessen konnte Mira diese Nachricht, die sie stutzig machte. Ein Auftrag für 2.000 Euro? Als Gitarrist sicherlich nicht. Der Name Herbert Esser kam ihr auch irgendwie bekannt vor. Sie googelte danach und wurde sofort fündig. Es handelte sich um einen finanzstarken Logistik-Unternehmer, der nicht immer im Einklang mit den Projekten des Oberbürgermeisters und ihres Göttergatten war. In den Social-Media-Kanälen breitete er seinen Unmut darüber häufig aus und stieß auf regen Beifall seitens seiner Gefolgschaft.

„Er wird wohl für ein Firmenjubiläum oder eine private Feier musikalische Unterhaltung benötigen. Vielleicht läuft die ja über mehrere Tage, dies würde auch den vierfachen Preis der üblichen Gage erklären", dachte sie. Einen anderen Grund konnte sie sich nicht vorstellen.

Miras Smartphone klingelte, und es war die Chefin des Café & Restaurant *Seeterrassen* in Happurg. „Ihr Auftritt wurde vorverlegt, da die Feier des runden Geburtstags aus organisatorischen Gründen eine Woche früher stattfinden muss. „Aber das ist ja schon übermorgen", entfuhr es Mira.

„Ja, übermorgen Mittag – ist das ein Problem?", erwiderte die Gastronomin.

„Oh, nein, nein, aber das wird sportlich", kommentierte die Tänzerin. „Bis dahin."

Während der Rückfahrt nach Bamberg lieferte die Facebook-Timeline abermals negative Schlagzeilen: Zum vielfach wiederholten Male war Lars' Konterfei zu sehen, da viele User den aktuellen Artikel des Frankenkurier geteilt hatten:

Festate: Stadtrat streicht Subventionen

„Marvin schau dir das an. Es geht weiter mit dem Beschuss. Schon wieder werden Lars Steine in den Weg gelegt, indem man die städtischen Zuschüsse für das Stadtmarketing, ergo für Lars' Sommerevents, entziehen will."

„Hatte er nicht Sponsoren dafür?", fragte Marvin.

„Ja, schon, aber der städtische Zuschuss war fester Bestandteil der Kostenkalkulation. Selbst wenn es auch ohne gehen sollte. Man stelle sich diesen Druck vor, all das grenzt ja schon an Erpressung.

Die Botschaft, die hinter dieser Forderung steckt, interpretiere ich folgendermaßen: *Verlasse die Partei und lege dein Stadtratsmandat nieder oder verzichte auf die Gelder.*

Das ist unverschämt. Warum gibt es hier niemanden, der Rücksicht nimmt und empathisch-menschlich die emotionale Komponente beleuchtet?"

Just in diesem Augenblick klingelte Marvins Handy.

„Ja, ich bin dabei, geht in Ordnung", antwortete er. „Sie können sich auf mich verlassen."

Mira blickt ihn fragend an.

„Nix, das betrifft nur mich. Ist nicht wichtig", blockte er ab.

Mira zuckte mit den Achseln.

Zur gleichen Zeit in Bamberg zuckte auch Lars mit den Achseln, als Zoey ihm mit müdem resignierten Ausdruck die Tageszeitung vor das Gesicht hielt.

„So ist es nun mal, mein Schatz. Man tritt an, dann tritt man auf, tritt dann versehentlich mit bester Intention mal knapp daneben, bekommt einen Tritt – und dann tritt man ab", seufzte er lakonisch und lachte bitter.

Zoey schüttelte den Kopf. Er nahm sie in den Arm.

„Nimm es nicht so schwer – es ist schon schwer genug, gewisse Menschen zu verstehen."

„Aber Mira ist anders", bemerkte Zoey.

„Mira ist frei. Sie will keine politische Karriereleiter besteigen und sich bei Günstlingen anbiedern. Zudem hat sie Charakter und eine hohe Werteethik mit ihren ganzen Lebensleitmotiven, daher stellt sie ihre beruflichen Pläne nicht über zwischenmenschliche Beziehungen", erwiderte Lars.

„Aber das nützt uns jetzt auch nicht viel. Andrés wird sich in diesem Punkt ganz sicher nicht von ihr beeinflussen lassen. Er stellt sein Amt über unsere Freundschaft, da bin ich mir sicher."

„Und der Oberbürgermeister?", fragte Zoey.

„Er wird sich wohl nolens volens mit Andrés solidarisieren. Aus praktischen, taktischen und strategischen Gründen, die die positive Zusammenarbeit fordert. Oder umgekehrt – Andrés mit ihm. Sie müssen noch ein paar Jahre miteinander auskommen. Da versucht man, Konflikten bestmöglich aus dem Weg zu gehen."

„Aber sie könnten doch auch ihr Ansehen verlieren, was den Umgang mit Freundschaft angeht, oder? Du hast beide stets unterstützt – als Dank dafür wirst du jetzt gnadenlos aufs Abstellgleis bugsiert. Andrés war doch immer dein Freund."

„Du sagst es. WAR."

Erst spät am Abend waren Mira und Marvin in Bamberg zurück. Sie waren von Köln mit der Bahn über Koblenz nach Frankfurt, und dann mit dem letzten RE 55 mit Umstieg in Würzburg nach Bamberg gefahren.

Missmutig wurde sie von Andrés zuhause empfangen:

„Dass man die Madame auch mal wieder sieht", zischte er zynisch.

„Wie eine Zigeunerin tingelst du durch die Lande, und vergisst, dass du einen Ehemann zuhause hast, der sich nach deiner Nähe sehnt, und vielleicht auch mal etwas essen möchte, das in der heimischen Küche produziert worden ist."

„Ach so, du willst mich nur in meiner Funktion des Herdheimchens? Dann kann ich ja auch gleich wieder gehen. Ich muss übermorgen sowieso wieder weg."

„Ich dachte, du wärst jetzt eine Woche hier", ereiferte sich der Politiker.

„Die Auftrittspläne in der Hersbrucker Schweiz wurden geändert. Zudem: ‚Zigeuner' ist ein Begriff, der hierzulande nicht mehr als political correct gilt."

„Hierzulande, du sagst es. Ich bin ein Spanier! Trotz meines deutschen Passes bin und bleibe ich ein Spanier. Und darauf bin ich stolz! Bei uns heißen die Zigeuner ‚los gitanos', und auch sie sind stolz auf diese Bezeichnung", polterte Andrés.

„Von mir aus. Aber ich bin nicht deine Haushälterin, sondern die Hausherrin, damit das ein für alle Mal geklärt ist. Ich habe auch meine Tätigkeit, so wie du die deine", verteidigte sich Mira, die jetzt richtig in Fahrt kam.

„Eine Hausherrin ist auch mal in ihrem Zuhause. Du bist nicht Herrin, sondern Sklavin der Züge, zweigleisig – entgleist auf den Gleisen der Liebe, da du nur noch darin unterwegs bist", giftete Andrés. „Was ist zwischen dir und diesem Marvin?", fragte er barsch.

„Wie bitte? Nichts natürlich. Er ist mein Kollege. Er bereichert meine Auftritte durch seine Musik. Livemusik unplugged ist nun mal qualitativ hochwertiger, und kommt auch beim Publikum besser an als Songs vom Band", rechtfertigte sich seine Frau.

„Sag mal Mira, was ist eigentlich zurzeit los? Du bist rebellisch, in der Presse häufen sich die Negativmeldungen, auch Lars kooperiert nicht …"

„Soso, Lars kooperiert nicht. Was heißt das? Was willst du damit sagen? Dass er nicht tut, was DU willst, meinst du?"

Wütend rauschte Mira aus dem gemeinsamen Wohnraum.

Neun

Gegen 5.30 Uhr startete das Duo *Mira & Marvin* mit den Mountainbikes im Bamberger Berggebiet abwärts gen Bahnhof. Rotgülden erhob sich die Morgensonne am nahezu wolkenfreien Himmel hinter dem östlichen Höhenzug der Friesener Warte und versprach einen aufregenden Tag. Die Stadt war noch völlig still, menschenleer, und schien ganz ihnen zu gehören.

Bis auf einige diensteifrige Arbeitskräfte des Bamberg Service, die ihre für Ordnung und Sauberkeit wertvolle Sisyphos-Tätigkeit verrichteten, den Zeitungsausträgern, die die letzten Neuigkeiten überbrachten, und den Lieferwagen der Bäckereien mit frischen Backwaren an Bord, befand sich noch niemand auf den Straßen. Die Heilige Kunigunde präsentierte ihr geheimnisvolles wissendes Lächeln, als sie über die Untere Brücke fuhren, als sei die steinerne Statue diskret verschwiegene Zeugin eines Ereignisses, welches bislang nur in den Köpfen und Herzen zweier Seelen existierte.

Als sie über die Kettenbrücke mit den zahlreichen Liebesschlössern fuhren, war es noch dämmrig und die Brückenbeleuchtung der linksseitig gelegenen Löwenbrücke noch eingeschaltet, wodurch das schimmernde Flusswasser der darunter fließenden Regnitz in flüssiges Gold verwandelt zu sein schien.

Mira begeisterte sich stets aufs Neue an diesem zauberhaften Anblick.

Nachdem sie mit ihren Rädern und Rucksäcken am Bahnsteig in die auf Gleis 5 bereitstehende S1 gestiegen waren und ihre Plätze eingenommen hatten, strahlte Mira ihr Gegenüber entspannt und unternehmungslustig an.

„Ich fühle mich so frei, unbeschwert, glücklich und lebendig, wenn ich mit dir unterwegs bin", sagte sie, und atmete tief durch. Über die Schieflage ihres Haussegens wollte sie nicht sprechen, da sie nicht wusste, inwieweit Marvin sein Mitteilungs- und Sensationsbedürfnis im Zaum halten konnte.

„Das ist aber eine ganze Menge an gebündelter positiver Schwingung, das klingt vielversprechend", lachte der Musiker augenzwinkernd.

Während der Bahnfahrt nach Happurg blickte die junge Bambergerin aus dem Zugfenster. Nach einer Stunde Fahrt durch meist ländliches Gebiet passierten sie den Nürnberger Raum, und zu ihrer Rechten erstreckte sich eine Sequenz von Reihenhäusern ohne Vorgärten, Reihenhäusern mit Vorgärten, Obstbäumen, Hecken, Carports und eine Schrebergartensiedlung. Dann sah sie viele bunte Container, die wie Bauklötze aufgeschichtet, auf ihren Versand mit dem Güterzug warteten.

Nach knapp zwei Stunden hatten sie Happurg in der Hersbrucker Schweiz erreicht. Obwohl es erst 8 Uhr war, brannte die hochsommerliche Sonne schon sehr intensiv auf die Hautfläche, die von Miras leichtem marineblau-weiß-gestreiften Sommerkleidchen unbedeckt war. Über die verlassene Landstraße radelten sie durch den kleinen verschlafenen Ort, bis der schöne petrolfarbene Happurger Stausee, eingebettet in die Vegetation von saftigem Grün, umrahmt von sanften bewaldeten Hügeln, vor ihnen lag.

54

Da sie noch ein paar Stunden Zeit bis zu ihrem Auftritt hatten, stellten sie ihre Räder ab und breiteten Miras rote flauschige Picknickdecke inmitten dieser Idylle im Schatten einer großen Eberesche aus. Mira hatte am Morgen ihren neuen rot-orange-pink-türkis-multicolor-Edelbikini, der sie das Honorar eines Auftritts gekostet hatte, unter ihrem Outfit angelegt, setzte jetzt kokett ihre Sonnenbrille und ihren Strohhut auf und legte sich auf die Decke, mit Blickrichtung zum Seeufer hin. Dann entnahm sie ihrem Rucksack einen nagelneuen Roman und tauchte in eine andere Welt, ihr aktuelles Paralleluniversum, ein.

Marvin hingegen sprang in den See und tauchte in das kühle, erfrischende Nass ein. Inzwischen war es sehr heiß geworden. Beide waren wie zwei Teenager zum Ferienbeginn in ausgelassener hochsommerlicher Stimmung.

Mira sagte zu Marvin:

„Wie schön ist es hier mit dir. Mit Andrés kann ich überhaupt nichts mehr unternehmen, nie hat er Zeit. Zu Beginn unserer Beziehung war das noch anders. Jetzt aber steht bald wieder ein Wahlkampf an. Zuhause fühle ich mir gar nicht mehr wohl." Marvin nickte.

„Nach der Wahl ist vor der Wahl – das ist wie bei der Fußball-WM. Eigentlich hat jeder 24 Stunden Zeit pro Tag zur Verfügung. Wer angeblich keine Zeit hat, hat lediglich für ihn selbst Wichtigeres zu tun, weil er andere Prioritäten hat."

Dann zuckte er mit den Achseln und schwieg.

Im Restaurant *Seeterrassen* fand zur Mittagszeit ihr Auftritt im Außenbereich auf der großen Terrasse statt, wo sie das Unterhaltungsangebot einer Geburtstagsfeier bereicherten. Sie hatten dasselbe Programm dafür ausgewählt wie vor wenigen Tagen in Köln.

Die Jubilarin und ihre Gäste waren begeistert, so dass sie die beiden noch zum Dessert einluden. Sie nahmen die Einladung an und waren überrascht, dass ihr Prosecco und der hausgemachte Apfelstrudel mit Vanilleeis von einem Roboter an den Tisch gebracht wurden. Mehrere dieser elektronischen Servierhilfen waren hier im Einsatz und fuhren mit befüllten oder leeren Tabletts auf der Terrasse spazieren.

„So etwas bräuchte ich in meinem Haushalt", lachte Mira. „Andrés beschwerte sich bei mir, dass ich seine Bürgermeisterei nicht genug unterstütze, da er sich selbst seine Speisen und Getränke zubereiten muss, wenn ich auf Tour bin, und er nicht immer Lust hat, sich der Öffentlichkeit eines Restaurants auszusetzen."

Marvin sagte dazu nichts.

„Du bist so schweigsam und wortkarg? Mein Priesterfreund Justus bombardiert mich immer gleich mit seinen Patentrezepten, wenn ich ihn mit meinen Problemen konfrontiere", wunderte sich Mira.

„Ich bin ja auch kein Pfaffe", konterte Marvin und lachte. Mira lachte mit. Manchmal empfand sie Oberflächlichkeiten als angenehm und wohltuend. Man muss nicht immer in den Tiefen schürfen und bohren. Somit schrieb sie in ihre Kladde spontan folgendes Gedicht über ihren Auftrittspartner und Kollegen:

Ein sonniger Mensch

Ein sonniger Mensch tritt in Erscheinung
lichtvollen Glanz verströmend.
Die Sonne geht auf für alle
Leben erfüllt den Raum
spielerisch und inspirierend.

Er überstrahlt alles Düstere,
Schwermütige, Langweilige.
Sein Optimismus begegnet dem Licht.
Er spiegelt die Schönheit und Weisheit
in all ihren Facetten
alles ist sonnig
trotz Regens.

Ein sonniger Mensch
spendet Wärme
bei Minusgraden.
Tänzelnde Leichtigkeit
breitet sich aus.
Sonnige Menschen
sind Quelle der Freude
und alles durchflutender
diviner Liebe.
Liebe hinterlässt in der Seele
für immer ein Gedicht.

Sie zeigte es ihm jedoch nicht, da sie sich fühlte, als hätte sie damit einen Seelenstriptease vollzogen. Sie wollte partout nicht splitterfasernackt vor ihm stehen.

„Wieviel wertvoller ist doch die Freiheit gegenüber der Sicherheit", dachte sie bei sich. „Zuhause ist mir zurzeit alles zu eng." Bevor sie wieder zurückmussten, umrundeten sie noch den gesamten See, der im warmen Licht der Nachmittagssonne grünlich-golden schimmerte, da er die Strahlen reflektierte und das Blattwerk spiegelte.

Doch wo viel Licht ist, da ist bekanntlich auch viel Schatten. Die Kehrseite der Medaille bekam Mira während der abendlichen Rückfahrt in der ansonsten menschenleeren S1 zu spüren, als sie plötzlich das Gefühl hatte, neben einem Oktopus zu sitzen – mit acht Fangarmen statt zweier Hände. Hände, die er beim besten Willen nicht bei sich lassen konnte.

Marvin wurde zudringlich und versuchte mit allen Mitteln, Mira herumzukriegen. Forsch zog er sie an sich heran. Mira spürte sofort, dass dieser Griff über eine freundschaftliche Umarmung hinausging, dafür lag zu viel Leidenschaft und Gier in diesem festen, entschlossenen Griff.

„Nein, ich möchte das nicht", stieß sie mit ebenso fester Stimme hervor.

„Hast du nicht einmal gesagt, man solle seinem Herzen folgen?", konterte Marvin.

„Ja, ich habe das gesagt. *Folge deinem Herzen*. Aber ich habe auch gesagt: *Aber nimm deinen Kopf dabei mit!* Es ist irrelevant, wieviel Anziehung hier gerade zwischen uns stattfindet, und wenn es noch so sehr knistern mag. Ich bestreite diese Tatsache gar nicht. Aber mein Herz gehört Andrés. Mit allen Belastungen, die diese Beziehung mit sich bringt."

So schnell ließ sich der junge Musiker nicht abwimmeln. Die Zurückweisung reizte seinen Jagdtrieb.

„Ach komm Mira, wir leben doch nur einmal. *A bissl was geht immer*, hat der Monaco Franze doch gesagt."

„Du bist aber nicht der Monaco Franze, und wir sind hier nicht in der TV-Show – tut mir leid", gab sie ihm ernst und bestimmt zur Antwort.

Rasch erhob sie sich und begab sich Richtung Universaltoilette, da sie dringend physischen Abstand benötigte. In der halbrunden Kabine zerriss sie das vor wenigen Stunden geschriebene Gedicht über Marvin in viele kleine Stückchen und warf diese in den Abfallbehälter. In ihrem Notizbuch klaffte an dieser Stelle jetzt ein hässliches, zerfleddertes Loch. Mit einem Mal kam ihr eine entsetzliche Befürchtung: Wollte er sie etwa herumkriegen, um sie dadurch erpressbar zu machen? Womöglich mit einschlägigem Bildmaterial? Sie verwarf den Gedanken wieder, da er ihr zu abwegig schien, doch sie beschloss, künftig vorsichtiger zu sein.

Als Mira zu ihrem Platz zurückgekehrt war, reagierte sie klug. Sie wollte sich ihren Partner nicht zum Feind machen, das wäre sicherlich kontraproduktiv. Und sie mochte ihn ja auf einer freundschaftlichen Ebene.

„Mit jeder Erfüllung stirbt eine Sehnsucht", sinnierte sie. „Marcel Proust hatte einst gesagt: *Die Sehnsucht lässt alle Dinge blühen. Der Besitz zieht alle Dinge in den Staub.*"

Sie waren in Bamberg angekommen. Mira stieg als erste aus und ließ einen völlig perplexen Marvin zurück.

Zehn

Als Mira nach Hause kam, war Andrés noch nicht da.

Sie holte sich im Keller aus seinem hochheiligen Weinregal für besondere Anlässe, ohne besonderen Anlass eine Flasche spanischen Rotwein Palador Rioja Gran Reserva Jahrgang 2017, und befüllte stilgerecht ein großbauchiges Glas damit.

Dann zündete sie ein ockergelbes Bienenwachsteelicht an, stellte es in ein kobaltblaues Windschutzgläschen, und setzte sich damit in ihren bequemen Hängesessel auf der Terrasse.

Nach der langen Tour und ihrem Abwehrmanöver Marvin gegenüber fühlte sie sich erschöpft und wollte abschalten.

„Überall ist momentan irgendwie nur Stress", dachte sie. Ihre kleine Gartenoase war ihr ein kostbares Refugium. Sie lauschte den zirpenden Grillen und betrachtete den mystisch anmutenden Vollmond am leicht bewölkten Nachthimmel.

In diesem Augenblick vernahm sie das vertraute Geräusch des sich öffnenden Türschlosses.

Andrés kam nach Hause.

Mira wollte ihm freudig entgegengehen, da hörte sie schon seine sarkastische Stimme aus der kleinen Teeküche des Untergeschosses:

„Ah, die ehrwürdige Señora ist mal ausnahmsweise vor ihrem Ehemann zuhause. Und sie trinkt seinen besten Wein. Allein!"

„Du bist so ungerecht", ereiferte sich Mira. „Du wirfst mir vor, dass ich so oft unterwegs bin, dabei bist du doch selbst fast nie da und gönnst mir dann noch nicht einmal ein Glas deines guten Weines."

„Ich arbeite ja auch und bin nicht zum Vergnügen unterwegs", konterte Andrés.

„Also das ist ja wohl der Gipfel", entrüstete sich seine Frau. „Meine Touren sind allesamt beruflicher Natur. Gib doch wenigstens zu, dass du nur eifersüchtig bist, da andere Männer mir ihre Aufmerksamkeit, Beachtung und Bewunderung schenken. Entschuldigung, deine Tätigkeit ist natürlich um ein Vielfaches wichtiger als meine, die ja nur der überflüssigen Unterhaltung dient. Dabei arbeitest du doch ohnehin nur mit deinem Zeigefinger", ironisierte Mira.

„Ja, aber auch der tut irgendwann weh. Der Zeigefinger ist der verlängerte Kopf, weil er von ihm gesteuert wird. Damit ist jeder Handwerker vor allem Kopfwerker", erwiderte er ruhig.

Andrés hatte sich ausgetobt, sein Zorn war verraucht und er war des Schlagabtausches müde geworden. So holte er sich ebenfalls ein Glas Wein und gesellte sich zu Mira auf die Terrasse. Vorerst kehrte wieder Ruhe im Hause Moreno ein.

Am nächsten Abend fand nach der fulminanten Eröffnungsfeier in der Vorwoche, die unter dem italienischen Motto *Festeggiate Festate – Feiert das Sommerfest* – mit vielen Freundinnen und Freunden, Mitgliedern des Stadtmarketings, Kulturschaffenden der Region, Kommunalpolitikern und Sponsoren im kleineren Rahmen begangen worden war, und bei der Mira leider wegen eines eigenen Auftritts verhindert war, die erste öffentliche Veranstaltung von *Festate* auf der Böhmerwiese der Gärtnerei Böhmer in der Heiliggrabstraße statt!

Das Wetter war, wie man es für Anfang August erwartete, bombastisch, das Gras saftig grün gepflegt. Da Andrés in seiner Funktion als Kulturbürgermeister die Veranstaltung zusammen mit dem Stadtmarketing-Geschäftsführer, dem Landrat und dem Oberbürgermeister eröffnen sollte, begab er sich zusammen mit Mira dorthin. Lange waren sie nicht mehr gemeinsam unterwegs gewesen. Aufgrund des schönen Wetters waren sie wie in früheren Zeiten mit den Rädern durch die Innenstadt gefahren, und Mira fühlte sich erstmals seit langer Zeit wieder ausgeglichen. Auf der Festwiese, die eine idyllische Aussicht auf die Ottokirche freigab, waren blaue Biertischgarnituren aufgestellt.

Mira holte sich an einem der Gastro-Stände, die an der rechten Seite der Bühne längs der Wiese aufgebaut waren, ein Bier der Bamberger *Mahrs Bräu*, und nahm mit Andrés in der ersten Reihe vor der Bühne am für sie reservierten VIP-Tisch Platz. Dr. Albin Maxim Kraft, der Oberbürgermeister, und Georg Kälber, genannt Schorsch, der Landrat, waren als Schirmherren der Veranstaltung ohne ihre Frauen gekommen; am Nebentisch hatte sich die rasende Reporterin Regina des Frankenkurier platziert. Als sie Mira erblickte, grinste sie süffisant.

Rasch füllten sich alle verfügbaren Tische.

„Full house", kommentierte Mira, Andrés zugewandt.

Gemeinsam mit dem Organisator Lars Steinbock betraten die anderen drei Politiker die Bühne, begrüßten das Publikum, hielten ihre kurzen Eröffnungsansprachen, dankten den großzügigen Sponsoren und wünschten allen Anwesenden ein unterhaltsames Sommerfestival.

Mira war als einzige am VIP-Tisch zurückgeblieben und begutachtete die vier Herren auf der Bühne mit ihrem ästhetisch geschulten Auge.

Andrés sah mal wieder fantastisch aus, in seinem hellgrauen Leinenanzug des italienischen Designers Ermenegildo Zegna, dem zart roséfarbenen Seidenhemd mit offenem Hemdkragen, der sein goldenes Kettchen mit Kreuzanhänger offenbarte. Dazu trug er sündhaft teure weiße Ledermokassins von Tod's.

Seine Oberbekleidung hob sich insgesamt geschmackvoll von seinem sonnengebräunten Teint, den fast schwarzen Locken und den grünlichen Augen ab. Miras Blick fiel auf seine linke Hand, an deren Ringfinger sein goldener Ehering schimmerte.

„Was für einen schönen Mann ich doch habe", dachte sie stolz. Einen attraktiven optischen Kontrast zu Andrés bildete der eher nordisch-blonde und blauäugige Oberbürgermeister im dunkelblauen Anzug, den er mit einem klassischen weißen Hemd und einer hellblau-silber-weiß-gestreiften Krawatte kombiniert hatte.

Dann stellte Lars den ersten Künstler vor und die anderen drei verließen die Bühne. Mira hatte den Reden gar nicht richtig zugehört, so sehr war sie in ihrer Betrachtung versunken.

Während des Musikauftritts huschte sie schnell in den Backstage-Bereich, wo sich Lars verbarrikadiert hatte.

„Wie geht es dir?", begrüßte sie ihren guten Freund. „Wo ist Zoey?", fügte sie hinzu.

Lars umarmte sie herzlich und entgegnete tief durchatmend:

„Ich mache gute Miene zum bösen Spiel. Zoey ist zuhause geblieben. Heute Morgen hatte sie schon nach dem Erwachen eine heftige Migräne-Attacke. Ihr geht das alles sehr nahe. Wer hätte das je gedacht, dass meine starke, rationale Zoey sich so sehr in diese schwierige Situation hineinfühlen könnte."

„Sie hat eine harte Schale und ganz tief im Innern einen butterweichen Kern. Diese Eigenschaft habe ich auch erst sehr spät, nach langjähriger Freundschaft, an ihr entdeckt."

„In der letzten Stadtratssitzung haben es die Genossen der Opposition wirklich auf die Spitze getrieben. Bei jeder Wortmeldung meinerseits erhoben sich geschlossen alle Parteimitglieder und verließen den Plenarsaal. Das war eine filmreife Inszenierung bei all der Verachtung und Diskriminierung meiner Person, die sie mir dadurch nonverbal entgegenbrachten."

„Aber das geht doch nicht", rief Mira bestürzt aus, und schüttelte den Kopf, als könnte sie damit das unliebsame Ereignis ungeschehen machen.

„Du hörst doch, dass das geht", erwiderte der Eventpolitiker lakonisch.

„Das ist doch Wahnsinn. Wie hast du reagiert?"

„Ich habe mich davon nicht beirren lassen. Wenn ich etwas zu sagen hatte, dann habe ich das getan, unbeeindruckt von der zu erwartenden Reaktion auf meine Rede."

„Das ist grausam, respektlos und entwürdigend. Das hast du nicht verdient! Konstruktive Kritik ist eine Sache, Missachtung eine ganz andere. Sie berücksichtigen überhaupt nicht, dass du Familie hast. Ich vermisse jegliche Form von Empathie und Menschlichkeit in diesem Haifischbecken", empörte sich Mira.

„Na ja, sie wollen mir damit zeigen, dass ich für sie jetzt eine Persona non grata, eine unerwünschte Person, dort bin. Sie wollen mich nicht mehr als Kollegen im Stadtrat. Meine eigene Partei will mich nicht mehr, und die anderen wollen mich überhaupt nicht mehr in diesem Gremium. Und sie wollen, dass meinen Veranstaltungen die städtische Bezuschussung gestrichen wird. Die Presse hat das Thema bereits aufgegriffen und mittels entsprechender A-Positionierung des Artikels und Weitergabe an andere Medien großräumig verbreitet", erklärte Lars.

„Was sagt Andrés dazu?", fragte Mira.

„Nichts. Zurzeit weicht er mir aus und verhält sich unverbindlich, wenn wir uns bei Terminen begegnen müssen. Er entzieht sich."

„Das ist untragbar. Mir tut das alles unendlich leid. Ich werde mit Andrés reden. Er ist doch dein Freund, und er sieht doch, was du hier Großartiges für die gesamte Stadtgesellschaft auf die Beine stellst. Aber ich muss jetzt wieder hinaus zu ihm, sonst ist er sauer." Lars nickte.

Mira war wieder gegangen und Lars reflektierte verzweifelt all das, was ihm bereits entglitten war.

Er wollte Veranstaltungen auf die Beine stellen, die eine Begegnung aller Menschen miteinander auf Augenhöhe möglich machten. Er wollte die breite Masse erreichen und auch die Hochkulturkonsumenten integrieren.

Die Events sollten sozial erschwinglich sein, gedeckt teils durch den städtischen Zuschuss, teils durch finanzkräftige Sponsoren. Der freiwillige Erwerb von Festabzeichen war eine weitere Säule in der Finanzierungsplanung des Festes. Jede noch so kleine Unterstützung war kostbar. So sein Konzept.

Und dies war ihm gelungen.

Das Volk feierte feucht-fröhlich, friedlich und ausgelassen. Es sang mit, tanzte, klatschte, jubelte.

Es sah nicht den Organisationsstress im Background.

Und seine Neider sahen nur das Blumenbeet, nicht aber den Spaten.

Elf

Andrés schnürte die Senkel seiner nagelneuen blau-weißen Nike-Sneakers zu. Es war ein herrlicher Morgen Mitte August, die Luft war noch frisch, und die Sonne stand ganz tief im Osten am wolkenfreien Horizont.

Lautlos hatte er sich angezogen, dennoch hatte Miras Unterbewusstsein im Schlaf bemerkt, dass er aufgestanden war. Gähnend tappte sie mit halbgeschlossenen Augen aus dem Schlafzimmer und sah ihn fragend an.

„Oh, du hast neue Turnschuhe?"

„Ja, und die werde ich jetzt einweihen. Ich gehe vor dem Frühstück eine Runde laufen, möchtest du mitkommen?", rief er ihr voller Tatendrang zu, und tänzelte mit herausfordernden Bewegungen im Korridor auf der Stelle.

„Nein, danke", wehrte Mira lachend ab. „Du weißt doch, dass Joggen nicht so mein Ding ist. Bei Mountainbiking wäre ich sofort dabei", schlug sie ihm vor.

„Nein, nein, ich möchte hoch Richtung Altenburg, mit dem Rad ist mir der Berg dort zu steil", erwiderte er ablehnend.

„Mir nicht", entgegnete seine Frau stolz. „Dein Workout ist für mich nur ein Warm-up", foppte sie ihn weiter.

„Ja, ich weiß, meine süße supersportliche Angeberin", schmunzelte Andrés. „Bereitest du für uns bitte in der Zwischenzeit das Frühstück?"

„Da du so lieb darum bittest", lächelte Mira zustimmend.

Die Straße war noch menschenleer, und Andrés genoss die morgendliche Stille jenseits des Trubels und der damit verbundenen Reizüberflutung, wie sie Veranstaltungen mit vielen Begegnungen unweigerlich mit sich bringen.

Nach wenigen Minuten hatte er die letzten Häuser der Stadt im Südwesten hinter sich gelassen und rannte nun mit noch unverbrauchter Energie auf dem schmalen Wiesenpfad den Sauersberg hinauf. Der Anblick der Burg faszinierte ihn immer wieder aufs Neue, da sie ihren Betrachtern tagtäglich, je nach Tages- und Jahreszeit, sowie Witterung, ein völlig anderes Bild darbot. Manchmal war sie auch gar nicht sichtbar, sondern in einer Dunstwolke hinter Nebelschwaden verborgen. Heute zeigte sie sich klar und strahlend am hellblauen Himmel.

Als der Politiker das letzte, besonders steile Stück bewältigt hatte, war er doch ein wenig aus der Puste geraten.

„Ich werde mich bei Sándor ein wenig erfrischen", dachte er.

Vor dem Burgtor parkte der edle, elegante, schwarze Maybach des Burgherrn und städtischen Wirtschaftsmoguls mit internationalem Netzwerk und Wirkungsfeld, Sándor Dorian.

Andrés hatte Glück. Soeben dachte er beim Betreten des Burghofes, ob er Sándor überhaupt so früh am Morgen würde behelligen dürfen, da hörte er schon dessen forsche Schritte hinter dem Gemäuer von der linken Seite her näherkommen. Dann bog er um die Ecke und bewegte sich direkt auf ihn zu. An der Leine neben ihm schritt ein edler weißer Hund.

„Guten Morgen, Andrés", begrüßte Dorian den Bürgermeister erfreut.

„Schön, dich zu sehen. Was verschafft mir die Ehre deines Besuches so früh am Morgen?", fragte er freundlich.

„Der Frühsport und der damit verbundene Durst, aber vor allem der Gedanke, dass wir uns lange nicht mehr persönlich unter vier Augen gesprochen haben. Bei deinem legendären Sommerfest war ich ja stets von Bürgerinnen und Bürgern umlagert; und dir erging es nicht anders. Aber seit wann hast du denn einen Hund? Ein schönes Tier", sagte Andrés mit bewunderndem Blick.

„Ja, nicht wahr? Das ist Diana, eine weiße Schäferhündin."

„Diana, die Göttin der Jagd, wie treffend."

„Weißt du, leider ist dieser Neuerwerb mit einem traurigen Anlass verbunden. Ein guter Freund von mir, der in der Schweiz lebt, verstarb vor einem Monat überraschend an einem Herzinfarkt. Er war bereits Witwer und kinderlos. Man fragte mich, ob ich interessiert wäre, Diana zu übernehmen. Da bei mir vor ein paar Monaten eingebrochen wurde, dachte ich mir, dass so ein Wachhund nicht die schlechteste Idee sei. Früher gab es hier oben mal einen Burgbären, jetzt haben wir einen Burghund", erklärte Sándor, tätschelte Dianas Rückenfell und lächelte.

„Bei dir wurde eingebrochen?", fragte Andrés überrascht.

„Warum weiß ich davon nichts?"

„Ich wollte weder Wind noch Wirbel. Es wurde nichts gestohlen, da der ohrenbetäubende Lärm der Alarmanlage die Diebe sofort in die Flucht schlug. Aber eines meiner neuen Glasfenster des berühmten Künstlers Lüpertz war zerbrochen. Der Kostenaufwand für die Behebung dieses Schadens lässt sogar mir das Blut in den Adern gefrieren. Aber lass uns doch kurz hineingehen und etwas trinken."

Sándor bat Andrés in seinen Salon, hieß ihn, Platz zu nehmen und holte ein silbernes Tablett, auf dem sich eine Karaffe sprudelndes kühles Mineralwasser, zwei leere und zwei mit frisch gepresstem Orangensaft befüllte Gläser befanden.

Er platzierte es in der Mitte des kleinen Mahagoniholztischchens, wo Andrés saß, und setzte sich ihm gegenüber.

„Wie geht es dir eigentlich?", fragte Sándor. „Und damit meine ich: Wie geht es dir WIRKLICH?"

Andrés atmete tief durch. „Der Lauf auf die Burg hat mir jetzt so richtig gutgetan, um den Kopf freizubekommen. Seit Wochen kann ich nicht mehr richtig schlafen. Seit Monaten eigentlich", korrigierte er sich. „Ständig bin ich von Energievampiren umgeben und psychischem Stress ausgesetzt. Jedes Problem nehme ich mental in mein Schlafzimmer mit. Nachts liege ich dann stundenlang wach, reflektiere und grüble. Dadurch fühle ich mich tagsüber wie gerädert."

Sándor nickte mitfühlend. „Nimm um Gottes Willen keine Schlaftabletten, die führen schnell zum Gewöhnungseffekt. Vielleicht solltest du dem Grund deiner Schlaflosigkeit auf die Spur gehen? Was ist es denn genau, das dir die Ruhe raubt und diese unübersehbare Rastlosigkeit in dir auslöst?"

„Es gibt zurzeit mehrere Problembaustellen in meinem Leben. Meine Mira ist ständig mit diesem Musiker Marvin unterwegs. Diese Entwicklung gefällt mir irgendwie nicht, weil ich nicht weiß, wo das enden wird, und ich keine Kontrolle darüber habe. Mein Freund Lars steht unter Dauerbeschuss unseres Lokalmonopolisten. Ich sitze dadurch zwischen zwei Stühlen, da von mir eine öffentliche Positionierung gegen ihn erwartet wird, die ich aber eigentlich gar nicht will. Ständig werde ich diesbezüglich bedrängt und unter Druck gesetzt. Das zehrt alles an mir. Dieser Dauerdruck fühlt sich echt nicht gut an, verstehst du?" Andrés sah ihn verzweifelt an und blickte dann auf seine Armbanduhr.

„Oh je, es ist schon so spät – entschuldige bitte, aber ich muss los. Mira wartet mit dem Frühstück, sie ist sonst für den Rest des Tages verärgert, wenn ich so lange wegbleibe."

„Zum Einschlafen empfehle ich dir die Lektüre eines guten unterhaltsamen Buches. Das lenkt deinen Geist ab, entführt dich in eine andere Welt, in ein Paralleluniversum sozusagen, und du kannst abschalten und entspannen. Normalerweise wirst du dann müde. Mir fallen während meiner Bettlektüre immer direkt die Augen zu. Sollte das bei dir nicht funktionieren, dann hast du wenigstens endlich einmal Zeit zum Lesen", schmunzelte der Burgherr. Dann erhob er sich und öffnete mit einem kleinen Schlüssel seines stattlichen Schlüsselbundes die Schublade hinter der Getränkebar. Dieser entnahm er einen weiteren Schlüssel und überreichte ihn wortlos Andrés.

„Was ist das?", fragte er verblüfft.

„Ein Schlüssel", antwortete Sándor.

„Das sehe ich", erwiderte Andrés.

„Das ist der Schlüssel zur Freiheit. Der Schlüssel zu meiner Ferienvilla im italienischen Etruskerstädtchen Tuscania im Latium in der Nähe von Rom.

Die exakten Adressinformationen und die Kontaktdaten von Ettore, unserem Hausmeister, falls eine technische Störung oder ein anderes Problem auftreten sollte, übermittle ich dir sofort per Mail.

Zeit und Ruhe kann man nicht kaufen. Liebe sowieso nicht. Fahr mit Mira für ein paar Wochen dahin. Gönnt euch eine Auszeit. Dort ist euch betreffend keine Politik, keine Presse, kein Marvin, kein Lars. Ich wünsche euch einen schönen Urlaub", sagte er. Damit beendete er das Gespräch und verabschiedete seinen Freund souverän lächelnd.

Zwölf

Im Nürnberger Flughafengebäude war der Check-in-Schalter der Lufthansa-Tochter Eurowings noch geschlossen. Die Reise ging vom fränkischen Rom, wie die Stadt Bamberg wegen ihrer sieben Hügel genannt wird, ins italienische Rom. Mira und Andrés hatten einen Nonstop-Nachtflug gebucht, der in den frühen Morgenstunden in der Hauptstadt des mediterranen Stiefels landen würde. Mit der S-Bahn-Linie 1, die die ganze Nacht hindurch fuhr, waren sie zunächst von Bamberg nach Nürnberg gefahren, anschließend mit der U-Bahn zum Flughafen, und mussten nun ein paar Stunden bis zum Abflug überbrücken.

Da Mira sowohl die Atmosphäre an Flughäfen als auch die Lektüre von Romanen liebte, machte sie es sich in der Wartehalle auf den Sitzen bequem, legte sich ihr aufblasbares, beflocktes, dunkelblaues Nackenhörnchen um den Hals, bettete ihren Kopf auf ihren kleinen bunten Lederrucksack, schlang ihren großen, schwarzen, dicken Wollschal als wärmende Stola eng um die Schultern, schlug ihr Buch auf, zog ihre Leguano-Sandalen aus, legte die Füße hoch und entspannte sich. Schon war sie mental in einer ganz anderen Welt. Lesen empfand sie stets als pure Qualitätszeit. Andrés konnte hingegen nicht so einfach abschalten. Die Tatsache, dass seine freundschaftliche Beziehung zu Lars so sehr abgekühlt war, ließ ihn nicht kalt. Die Arbeit half ihm normalerweise, unliebsame Gefühle zu verdrängen. Jetzt im Urlaub kam alles in ihm hoch. Nervös trommelte er mit den Fingern auf das Metallgestänge der Lounge-Stühle. Die Ruhe, die seine Frau ausstrahlte, empfand er beinahe schon als persönliche Provokation.

„Ist dir langweilig?", fragte Mira lächelnd. „Lies doch auch etwas Unterhaltsames", schlug sie ihm vor. „Zuhause beschwerst du dich immer, dass du dafür zu wenig Zeit und Muße hast."

Andrés schüttelte den Kopf und schloss die Augen. Vielleicht würde er ja wenigstens ein bisschen schlafen können. Aber wenn er schon im gemütlichen Bett nicht mehr richtig schlafen konnte, wie sollte es ihm dann auf einem unbequemen Chromgestühl, das schon beim bloßen Anblick Rückenschmerzen auslöste, gelingen?

Glücklicherweise wurde in diesem Moment die mobile Absperrung, die zum Schalter führte, zur Seite geschoben, und alle Romreisenden konnten ihr Gepäck aufgeben und sich in Richtung Handgepäckskontrolle bewegen. Nach einem Energy Drink aus dem Automaten, da die Gastronomie des Nachts – sozusagen schon und noch immer – geschlossen war, war es auch schon an der Zeit zum Boarding. In der Dunkelheit hob die Maschine ab. Mira, die den Fensterplatz eingenommen hatte, sah die Lichter der Frankenmetropole unter sich entschwinden und freute sich wie ein kleines Kind auf die Weihnachtsbescherung, auf Italien.

„Wie edelmütig von Sándor, uns einfach so spontan seine Villa zu überlassen", sagte Mira freudestrahlend zu ihrem Mann.

„Ja, so ist er. Selbstlos, großzügig, ehrlich, verständnisvoll, beherrscht und absolut unbestechlich. Wunderbar. Allerdings ist er aufgrund seiner materiellen Unabhängigkeit auch in einer überlegenen Position, die ihm dieses Verhalten ermöglicht."

„Ja, aber es gibt in ähnlichen Umständen gerade deswegen auch reichlich Negativbeispiele", entgegnete Mira, „rücksichtslose Opportunisten, die ihre Mitmenschen instrumentalisieren, um sie vor ihren Karren zu spannen."

Als die freundliche Stewardess mit dem Getränkewagen vorbeikam, bestellte sich Andrés eine kleine Dose Cerveza San Miguel.

„Vielleicht hilft ja ein Bier aus meiner Heimat beim Einschlafen", sagte er zu Mira.

„Das wird mittlerweile mit Lizenz in Deutschland gebraut. Spanisch ist nur der Name", bemerkte Mira.

„Na und. Ich wurde auch in Spanien geboren und lebe seit meinem Babyalter in Deutschland. Trotzdem bin ich Spanier, weil ich mich so fühle."

„Na, dann passt das Bier ja perfekt zu dir, bei eurem gemeinsamen Narrativ", veräppelte ihn Mira.

Eineinhalb Stunden später, um 6.30 Uhr, landeten sie in Fiumicino, dem Flughafenareal Roms. Mira war beeindruckt und begeistert von der Eleganz, die von diesen blitzblankpolierten, glänzenden hellen Marmorfliesen und der Weite der großräumigen Freiflächen im Gebäudeinnern ausging.

Als sie ihr Gepäck in Empfang genommen hatten, bestellte Mira in einer Caffè-Bar, nachdem sie zunächst den Kassenbon dafür geholt hatte:

„Due cappuccini e due cornetti per favore."

„Sì, Signora, subito", antwortete der freundliche Barista.

Die Cornetti waren um diese Uhrzeit noch ganz warm und der Cappuccino schmeckte vorzüglich.

Mit dem Leonardo-Express, der Flughafen-Transfer-Bahn in der Trikolore-Färbung der italienischen Flagge, fuhren sie anschließend mit Umstieg in Rom Trastevere eindreiviertel Stunden am Meer entlang Richtung Pisa bis nach Tarquinia. Die letzte ungefähr halbstündige Etappe ihrer Reise legten sie dann mit dem Bus zurück.

Mira verliebte sich sofort in das 90 Kilometer nordwestlich von Rom in der Provinz Viterbo gelegene romantische Etruskerstädtchen mit den kleinen historischen Gässchen. In der Via del Gallo befand sich Sándor Dorians Anwesen.

„Einen Hahnenweg haben wir in Bamberg auch", übersetzte Mira. „Aber der sieht ein bisschen anders aus", lachte sie.

Die Fassade des einstöckigen Hauses war terracottafarben, die Fenster arkadenförmig und weiß umrahmt. Im Obergeschoss befand sich vor jedem Fenster ein kleiner Balkon. Das Walmdach, eine abgeflachte Dachform im Toskanastil, war mit Tondachziegeln bestückt.

„Wow", entfuhr es Mira.

Andrés entriegelte feierlich das Schloss, und sie betraten die Villa. Im Erdgeschoss befand sich ein geräumiges Wohnzimmer, welches direkt in das Esszimmer und die Küchenecke überging.

Dort war auch die Verbindungstür zum Garten. Mira öffnete diese sofort, um die abgestandene Luft gegen die 40 Grad heiße Sommerluft des Latiums auszutauschen.

Im Außenbereich ging eine große Terrasse mit schmiedeeisernem Mobiliar und zwei großen Oleandersträuchern in eine Wiese mit einem kleinen Pool über, der im großzügigen Abstand von vereinzelten Palmen, Limetten- und Olivenbäumen umsäumt war. Dahinter erstreckte sich ein winziges Pinienwäldchen.

Offensichtlich kümmerte sich ein fleißiger Gärtner ganzjährig um die Vegetation, da der Rasen trotz der Trockenheit und Schwüle keinerlei braune, sonnenversengte Gräser aufwies.

„Lass uns doch jetzt endlich das Schlafzimmer besichtigen", drängte Andrés und umarmte Mira stürmisch.

„Ja, gerne, ich möchte aber zuerst meinen Koffer auspacken und duschen", antwortete Mira.

„Du bist schon eine richtig spießige Ehefrau geworden", foppte Andrés seine Frau. Als Mira die Haustür schloss, bemerkte sie, dass neben dem Hauptportal noch ein kleiner Anbau an das Gemäuer angrenzte, der mit dem gleichen Schlüssel zugänglich war. Neugierig schloss Mira die kleinere Tür auf. Dahinter befanden sich eine große Mülltonne und eine knallrote Original Vespa von Piaggio. Der Zündschlüssel steckte.

„Andrés schau mal, was ich entdeckt habe", rief Mira überrascht aus. Andrés kam sofort herbeigeeilt.

„Die ist ja toll, damit machen wir eine Spritztour!"

Eine weiße Treppe aus Ferraramarmor führte ins Obergeschoss hinauf, wo zwei Schlafzimmer einander gegenüber lagen, die beide im mediterranen Stil ausgestattet waren.

Mira zog es in das rechtsseitige Zimmer, da es zur ruhigeren und von außen uneinsehbaren Gartenseite hin gelegen war. Die dunkelroten Vorhänge waren mit Blumenmustern bedruckt, die großen Balkontüren mit kobaltblauen Fensterläden mit Lamellen verkleidet, die vor der südlichen Sonne schützten; die Böden mit glänzendem Parkett ausgelegt, ein Sekretär aus Mahagoniholz stand in der Ecke des Zimmers. Das übergroße Doppelbett war ringsum von einem bordeauxfarbenen Schleier umgeben, der an einem Metallring an der Decke befestigt war.

„Ein Himmelbett, wie schön", schwärmte Mira.

Über dem Bett hing an der weiß getünchten Wand ein modernes illusorisches Ölgemälde in Orange- und unterschiedlichen Blautönen, das die römische zentral gelegene Piazza Navona zeigte, die jedoch an einem schönen Sandstrand gelegen war, und damit unmittelbar in das Meer überging.

In der Wand daneben war ein weißer Einbauschrank integriert, eine weitere Tür direkt daneben führte in das Badezimmer, in dem sich eine barrierefreie Dusche und ein mit kleinen blauen Kachelmosaiken umrahmter Spiegel oberhalb des Waschbeckens mit kupferfarbenen Armaturen befand.

Es war wirklich extrem heiß, und jede körperliche Bewegung erhöhte die gefühlte Temperatur zusätzlich.

Durch das Fenster glitzerte türkisfarben das Wasser des Pools. Rasch packte Mira ihren Trolley aus, zog einen weiß-goldenen Bikini an und rief Andrés neckisch zu:

„Los, wer zuerst im Schwimmbad ist."

„Du Luder", lachte Andrés, knöpfte sein hellblaues Leinenhemd und seine hellbeigefarbene Hose auf, und zog schnell seine leuchtend rote Badehose aus dem noch vollen Koffer.

Wie Kinder rasten sie barfüßig hintereinander die Treppe hinab und stürzten sich in die erfrischenden Fluten.

„Ach, ist das herrlich", jubelte Mira, und spritzte ihrem Mann eine Ladung Wasser ins Gesicht. Andrés näherte sich seiner Frau und nahm sie auf den Arm.

„Ich sagte dir doch, die Farbe Weiß ist bei dünner Badekleidung sehr gefährlich", grinste er lüstern.

„So?", fragte Mira, und blickte unschuldig an sich herab. Im nassen Zustand, im intensiven Licht der Mittagssonne, war der Bikini überaus transparent, er enthüllte mehr, als er verbarg.

„Na und?", reagierte Mira selbstbewusst.

„Andere Frauen exponieren sich heutzutage oben ohne am Strand, und in den FKK-Zonen hat niemand etwas an."

„Das ist ja auch viel weniger aufregend als ein hübsch verpacktes Geschenk", schmunzelte Andrés und trug seine Frau langsam über die kleine Treppe aus dem Wasser, die große Treppe hinauf ins Schlafzimmer.

„In einem Himmelbett habe ich noch nie Liebesfreuden erlebt", lächelte er.

Sein Koffer blieb noch bis zum nächsten Morgen unausgepackt auf dem Parkett stehen.

Am folgenden Tag erwachten sie erst gegen 10 Uhr. Zum ersten Mal seit langer Zeit hatte Andrés einmal wieder so richtig durchschlafen können. Gähnend reckte, streckte und dehnte er sich genüsslich in alle Himmelsrichtungen.

„Ich muss erst mal meine Knochen sortieren", kokettierte er.

„Du hast mich gestern Nacht ganz schön herausgefordert."

„Ich?", lachte Mira.

„Und wer macht uns jetzt einen schönen, starken Kaffee?", fragte Andrés.

„Haben wir überhaupt welchen im Haus?", fragte Mira.

„Ich geh mal nachsehen." Mira flitzte in die Küche hinunter und öffnete die an der gekachelten Wand installierten Schränke. Sie wurde fündig.

„Hier ist ein vakuumiertes Päckchen Lavazza qualità rossa", rief sie nach oben.

„Prima. Dann bereitest du den Kaffee. Rot ist deine Farbe", plänkelte Andrés.

„Wünschen seine Majestät Roomservice?", spöttelte Mira.

Einem anderen Schrank entnahm sie die Caffettiera, das klassische italienische Herdkännchen. Mira betätigte mit einer Drehbewegung den Hauptschalter, zündete dann den Gasherd an und bereitete einen original italienischen Caffè.

Nach einem Blick in die Wetter-App sagte sie zu Andrés, der inzwischen zu ihr hinuntergekommen war:

„Schau mal, heute ist absolut wolkenloses, sonniges Wetter. Wir sollten den Tag optimal nutzen und mit der Vespa nach Tarquinia ans Meer fahren. Das ist nur 24,8 Kilometer entfernt. Morgen ist es nämlich ein wenig bewölkt, dann können wir hier im Ort etwas unternehmen. Außerdem ist dann der wöchentliche Markttag, und ich möchte shoppen gehen."

„Frauen!", stöhnte Andrés.

Eine halbe Stunde später saßen die beiden mit flatternder Sommerkleidung auf der knallroten Vespa, mit ihren Badesachen im Rucksack, und waren Richtung Tarquinia durch die trotz der flirrenden Sommerhitze erstaunlich grüne Landschaft unterwegs. Andrés' Koffer stand immer noch befüllt im Schlafzimmer neben dem Bett. Mira hingegen hielt der Übersicht halber immer ihre perfekte Ordnung.

Am Strand angekommen legten sie sich auf die gemieteten Strandliegen und entspannten sich. Andrés döste mit geschlossenen Augen in der Sonne und lauschte dem Rauschen des Meeres, während Mira sich wieder der Lektüre ihres Romans widmete.

„Ich hole uns ein Eis", rief sie etwas später spontan aus, sprang im selben Moment auf und ging hinunter zu der Stelle, wo der Sand von der Meeresbrandung berührt wird. Die nächste Strandbar war ungefähr 300 Meter entfernt.

Mira genoss den kurzen Spaziergang auf dem erhärteten Sand unter den Füßen. Gelegentlich peitschte das Wasser einer Welle wohltuend erfrischend um ihre Waden und umspülte ihre Füße.

„Due coni con due palline di gelato alla vaniglia", bestellte Mira, als sie in der eleganten Bar mit weißen Pavillons aus Polyester und schwarzem Loungemobiliar angekommen war.

Mit den zwei Eiswaffeltüten in den Händen schlenderte sie am Strand zurück, und das Vanilleeis begann bereits langsam zu tauen und zu tropfen.

Suchend blickte sie zu den aufgereihten Strandliegen, da sie nicht mehr exakt ihren Liegeplatz orten konnte. Da sah sie ein ihr gut bekanntes Gesicht. Genau genommen waren es zwei bekannte Gesichter. Ihre Blicke trafen sich, und ein halb ungläubiges und halb erschrockenes Staunen war in allen drei Gesichtern deutlich sichtbar.

Dreizehn

Mira wandte sich grußlos ab und ging eiligen Schrittes weiter. Endlich hatte sie ihren Liegeplatz wieder erreicht.

„Andrés, weißt du, wen ich gerade gesehen habe? Das wirst du mir nicht glauben", platzte sie heraus.

Sie beugte sich über die Strandliege, auf der ihr Mann immer noch mit geschlossenen Augen vor sich hindöste. Das angeschmolzene Vanilleeis tropfte auf seine ganzjährig sonnengebräunte, dunkel behaarte Brust.

„Gib mir doch bitte erst mal mein Eis, bevor du mich hier ganz klebrig machst, und gar nichts mehr davon übrig ist", entgegnete Andrés schläfrig.

Mira reicht ihm seine Waffel und leckte ein großes Stück von ihrer eigenen ab.

„Da vorne liegen der Logistikunternehmer Herbert Esser und die Reporterin Regina vom Frankenkurier in trauter Zweisamkeit händchenhaltend nebeneinander auf ihren Strandliegen. Na, was sagst du jetzt?"

Der Politiker atmete tief durch.

„Du hast völlig recht. Das glaube ich dir nicht", erwiderte er. „Esser ist glücklich verheiratet. Zum fünften Mal zwar, aber erst wieder seit kurzem. Mit einer jungen, attraktiven, und sogar intelligenten Blondine. Zelda heißt sie. Ich habe die beiden vor zwei Monaten höchstpersönlich im Alten Rathaus getraut. Da würde er doch nicht mit dieser ältlichen spitzzüngigen Reporterin Urlaub machen wollen. Und schon gleich gar nicht hier in Tarquinia. Warum sollte er? Wir sind hier in der Provinz und nicht in Rom auf der Piazza Navona. Mira, du hast dich ganz einfach getäuscht. Das wäre ja auch nicht das erste Mal. Damals in Málaga hast du ja sogar mich mit meinem Bruder verwechselt."

„Jetzt reicht es aber, Andrés!" Mira wurde wütend.

„Das war dein eineiiger, optisch völlig identischer Zwillingsbruder, von dessen Existenz noch nicht einmal du selbst damals wusstest. Komm doch mit und überzeuge dich selbst", schlug sie ihm vor und zog ihn an seiner Hand.

„Nein, Mira, ich bin im Urlaub, und möchte hier nicht meinen Bamberger Geschäftsleuten und Journalisten begegnen. Da hätte ich gleich zuhause bleiben können. Oder möchtest du, dass Regina uns nach Paparazzi-Manier mit ihrem flinken Kameraauge einfängt, und wir beide dann eine Seite im nächsten Frankenkurier in Badebekleidung mit der schwulstigen Überschrift: *So entspannt verbringen der zweite Bürgermeister und sein sexy holdes Weib ihren Sommerurlaub*, füllen? Nein danke."

„Du glaubst mir also doch, dass die beiden hier sind, sonst hättest du diese Befürchtung nicht geäußert."

„Ich glaube gar nichts, und möchte in erster Linie meine Ruhe haben, aus diesem Grund sind wir schließlich hier", beendete Andrés bestimmt und energisch die Diskussion.

Am nächsten Tag zeigte sich der Himmel ein wenig verhangen, daher verbrachten die beiden einen gemütlichen Vormittag zwischen den Marktständen im Herzen Tuscanias, wo Mira und Andrés mehrere Schnäppchen, darunter einige neue Kleidungsstücke und Lederwarenaccessoires, sowie regionale Lebensmittel erwarben.

Gut gelaunt spazierten sie mit ihren neuen Errungenschaften durch die schmalen Gässchen des idyllischen kleinen Ortes, erfreuten sich an den vielen kleinen, erstaunlich preisgünstigen Boutiquen mit ansprechend gestalteten Schaufenstern, individuellen Kunsthandwerksläden, Eismanufakturen und gemütlichen Bars. Sie besichtigten mehrere alte Kirchen, den Dom, sprudelnde Brunnen, den Friedhof mit seinen charakteristischen Hochgräbern, und den schönen örtlichen Park, der eine wunderschöne weite Sicht auf die Natur der Umgebung und die historischen Gemäuer auf den Anhöhen preisgab. An die kurze Augenblicks-Begegnung mit Esser und der Pressereporterin dachte Mira gar nicht mehr.

Auch am darauffolgenden Tag genoss das Paar in ungetrübter Unbeschwertheit seine Auszeit. Da es in Strömen regnete, aber dennoch recht warm war, waren sie in die nach den im frühen Mittelalter päpstlichen Gründern und Nutznießern benannte Terme dei Papi nach Viterbo gefahren. Im vom warmen unterirdischen Schwefelwasser gespeisten Außenbecken schwanden alle körperlichen Verspannungen, und so alberten sie, von bunten Poolnudeln getragen, tiefenentspannt im Wasser umher, ließen sich von oben beregnen und fühlten sich dabei pudelwohl.

„Du hast morgen Geburtstag, mi amor, noch dazu einen ganz wichtigen, den letzten mit einer 2 auf der Zehnerposition! Was wünschst du dir von mir?", fragte Andrés liebevoll und zärtlich seine Frau.

„Wir könnten einen Spaziergang durch die Innenstadt von Viterbo machen", schlug er ihr vor. „Ich habe gehört, dass es dort sehr schöne Schmuckgeschäfte geben soll", fügte er hinzu.

„Schatz, ich werde erst 29, nicht 30. Und ich wollte diesmal ganz bewusst auf eine größere Party mit unseren Freunden verzichten. Mein größter Wunsch ist es daher, mit dir ganz allein und ungezwungen in unserer Ferienvilla zu feiern. Ich will auch nicht in irgendein schickes Restaurant, in dem wir den Blicken anderer Menschen ausgesetzt sind. In Bamberg muss ich dich immer mit allen Menschen teilen.

Wir könnten uns auf die Terrasse setzen, ein paar Kerzen anzünden, ein bisschen Musik hören, eine Flasche besonders guten Wein trinken, und uns eine gute Steinofen-Pizza in irgendeinem Restaurant bestellen und bringen lassen. Eine schlichte Pizza Margherita mit Tomaten, Mozzarella und zusätzlich mit ein bisschen frischem Knoblauch, olio piccante und ganzen Basilikumblättern."

Andrés lachte. „Du bist ja genügsam! So bescheiden kenne ich dich noch gar nicht."

„Für mich ist genau das, was wir gerade hier erleben, purer Luxus. Die Ruhe und die Zeit sind unbezahlbar. Wir haben zuhause immer so wenig davon miteinander und füreinander. Und du bist immer müde oder mit dem Kopf im Rathaus, auch wenn du bei mir bist. Ich will dich morgen ganz für mich haben."

In der kommenden Nacht ließ Mira ihrer Begeisterung freien Lauf, indem sie ihre Wahrnehmungen mittels einer Hommage an die gesamte Apenninenhalbinsel poetisch umsetzte, und auch die italienische Idiomatik dabei mit einband:

Liebe mit „großem A"

Italien –
Freiheit majestätischer
schneebedeckter Berggipfel im Norden

verheißungsvolles Rauschen
salziger Meereswogen im Süden
Imposante Bauten –
historisches Zeugnis eines Imperiums
Toskanische Hügel, glitzernde Seen
hell schimmerndes Licht

Die Sonne scheint wärmer
Die Farben sind bunter
der Himmel ist vom tiefsten Blau durchflutet
parfümiert ist die Luft –
mit Pinien-, Bergamotte- und Oleanderduft

Im blutroten Wein
liegt die Wahrheit
in melancholisch anmutenden Mollklängen der Musik
das Gefühl
in der Sprache
die Melodie.

Bei uns gibt es die große Liebe –
in Bella Italia das große A
L´ Amore con la A maiuscola!

Am 21. September 2023 feierte Mira unter Ausschluss der Öffentlichkeit, wie sie die Rahmenbedingungen ihres Wiegenfestes selbst ironisierte, den 29. Geburtstag.

„Jetzt hast du eine alte Frau", sagte sie kokett zu Andrés, als das Paar am Morgen erwachte.

„Mit dem heutigen Tag starte ich hochoffiziell ins 30. Lebensjahr."

„Oh ja, uralt", bestätigte ihr Mann.

Mira bombardierte ihn spielerisch-entsetzt mit ihrem Kopfkissen.

„Ich würde doch niemals wagen, meiner Frau an ihrem Ehrentag zu widersprechen", lachte Andrés.

„Herzlichen Glückwünsch, mein Schatz. Ich wünsche dir von ganzem Herzen ein glückliches, gesundes, erfülltes und erfolgreiches neues Lebensjahr!"

Er erhob sich und ging hinunter in die Küche. Zehn Minuten später kehrte er mit einem Tablett zurück, auf dem sich eine kobaltblaue Vase mit einem kleinen pink-rot-weißen Rosenstrauß, zwei Tassen Caffè, zwei Brioche, zwei Sektkelche und eine Flasche Scheurebe-Sekt, Qualität Flaschengärung befanden.

„Oh", rief Mira aus. „Sekt! Jetzt schon?"

„Es ist nie zu früh für ein gutes Glas Sekt", entgegnete Andrés.

„Zudem gibt es immer einen Grund, ihn zu trinken. Heute ist der Anlass ein freudiger, umso besser."

„Deutscher Sekt aus der fränkischen Heimat in Italien. Du hast ihn heimlich mitgebracht, weil du dachtest, wir würden hier verdursten müssen?", lachte sie.

„Ich weiß, dass du diesen besonders gerne magst. Und jetzt schau dir mal die Rosen ganz genau an. Mira blickte in die Kelche mit den sich überlappenden Blütenblättern in ihren Lieblingsfarben. In der dunkelroten mittigen sah sie etwas Metallisches blinken. Vorsichtig griff sie hinein.

„Ohrringe", rief sie begeistert aus.

„In Weißgold mit einem kleinen Diamanten, wie schön! Lieb von dir, mein Schatz. Wo hast du die so schnell besorgt?"

„Das verrate ich dir nicht", lächelte Andrés und küsste sie.

Mira sprang auf, lief zum Spiegel und legte die Schmuckstücke an.

„Jetzt wird deine Naturschönheit noch mehr unterstrichen – eine Steigerung ist ja nicht mehr möglich", balzte Andrés.

„Du Charmeur", strahlte Mira.

Andrés ließ den Sektkorken knallen und befüllte die Gläser. „Auf dich mi amor!" Dann liebten sie sich.

Irgendwann wurden sie hungrig, so begaben sie sich vom Himmelbett an den Pool, und Mira googelte nach einer Pizzeria mit Lieferservice. Bei *Miracolixxx* bestellte sie ihre Lieblings-Margherita mit den Extras und für Andrés eine Pizza nach andalusischer Art mit scharfer Chorizo-Salami und Peperoncini. Ein Bote brachte sie 20 Minuten später mit einer Flasche Rotwein als Präsent des Hauses vorbei.

„Es schmeckt wie im Grandhotel Bellevue au Lac", begeisterte sich Mira.

„Das ist eine Pizza, kein Kaviartoast", wandte Andrés trocken ein.

„Egal. Für mich ist das hier jetzt genau das Richtige und damit das Beste. Ich fühle mich heute nicht ein Jahr älter, sondern zehn Jahre jünger, unbeschwert wie ein Kind, völlig verpflichtungsfrei und gelöst", schwärmte Mira.

Beschwingt griff sie nach ihrem Handy und hielt ihre Eindrücke für ihren nächsten Lyriksammelband in der Notizenapp fest:

Unbeschwertheit

Die Last der Jahre bewirkt,
dass auch über den Inseln der Freude im Alltag
vermeintlich herannahendes Unheil
wie ein Damoklesschwert bedrohlich baumelt.

Gewinnst du die Unbeschwertheit,
mit der du als Kind und im Jugendalter
durch dein Leben tanztest
für einen Moment wieder zurück,
dann fühlt es sich an,
als würdest du nicht die ganze Last
deines bisherigen Lebens
in jedem Augenblick des Tages
mit dir herumschleppen.

Schwebende Leichtigkeit
breitet sich in dir aus,
die Liebe fließt in dir
in Verbindung zur sprudelnden,
alles belebenden,
schöpferischen,
niemals versiegenden
Quelle.

All die Probleme, die sie in der Heimat zurückgelassen hatten, waren für einen flüchtigen Moment, den sie nur allzu gerne festgehalten hätten, ganz weit weg.

Doch leider kehrten während des Heimfluges wenige Tage später mit jedem Kilometer, den sie zurücklegten, die Belastungen nach und nach zurück. Mit lautem Getöse und Geratter setzte die Alitalia-Maschine unsanft und holprig auf dem Rollfeld in München auf. Es war kalt, es nieselte, und es war herbstlich neblig. Der Sommer war vorbei.

Vierzehn

„Leerst du bitte noch den Briefkasten, Schatz?", bat Andrés seine Frau, während er ihre beiden Koffer über die Schwelle ins Haus trug.

Gähnend entnahm Mira die Post. In den drei Wochen ihrer Abwesenheit hatte sich so einiges angestaut. Sie sortierte und separierte die Briefe, die für sie selbst bestimmt waren und diejenigen, die exklusiv an Andrés adressiert waren auf zwei Haufen. Auf einen dritten Stapel landeten diejenigen, die als Empfänger sie beide auswiesen, sowie auch die Werbeprospekte, Gratismagazine, Kataloge und die regionalen Gratiszeitungen Wobla und Stadt und Land. Den Frankenkurier hatten sie seit Kurzem auf Digitalempfang umgestellt, da in der letzten Zeit die Zusteller nicht immer verfügbar waren, und diese ständigen Unregelmäßigkeiten nicht mehr erträglich. Zwischen all den monotonen weißen, befensterten Rechnungsbriefen und Behördenschreiben stach ein knallroter, quadratischer Umschlag ganz evident hervor. Er war an sie beide adressiert, doch wies er ganz anonym-diskret keinerlei Absender auf.

„Möchtest du auch ein Cerveza Corona?", rief Andrés aus der Küche.

Mira antwortete nicht. Neugierig nahm sie den Brieföffner und schlitzte den auffälligen Brief auf. Darin befand sich ein originell gestalteter Flyer mit der Überschrift *E rot tisch – zu Tisch.*

Marilyn of Bamberg begeht ihr 35. Kreativjubiläum – feiert im kleinsten Kreis mit. Bitte präsentiert euch alle mit irgendeinem roten Accessoire!

„Ach, das wird lustig, Schatz, schau mal", wandte Mira sich an Andrés, der soeben mit zwei Gläsern Corona mit dekorativen Limettenscheiben an den Rändern zurückgekehrt war. „¡Salud!, oder gerne auch ganz ähnlich wie im Spanischen in italienischer Sprache alla salute", prostete Andrés seiner Frau zu. „Auf die Gesundheit. Glücklicherweise assoziiert man dieses Wort inzwischen wieder nicht mehr ausschließlich mit einem Virus.

Ach fein, das ist ja schon übermorgen, dann haben wir noch einen schönen Abend, bevor uns der Alltag wieder in seinen Fängen hat", strahlte Andrés. „Sag ihr bitte zu. Meine Post öffne ich morgen. Ich bin jetzt müde und lege mich schlafen. Der Transfer nach Rom per Bus und Bahn durch die Stadt zum Flughafen, der Flug mit den ganzen Wartezeiten davor, dazwischen und danach, die lange S- und ICE-Bahnfahrt von München über Nürnberg bis nach Bamberg mit mehreren Umstiegen, zuletzt das Taxi – das war wirklich eine Odyssee, um nicht Gewalttour sagen zu müssen."

„Ich packe trotzdem erst noch unsere Koffer aus", antwortete Mira. „Einige Sachen davon brauche ich ja sofort, und es stört mich, wenn sie hier im Weg herumstehen."

„Jawohl, Frau Perfektionistin – ich empfehle mich", grinste Andrés.

Zwei Tage später waren sie auf Schusters Rappen unterwegs zu Marilyn. Mira mit fast all ihren Errungenschaften aus Özlems Laden Woman in red am Maxplatz am Körper, nämlich einem roten Kleid, roten Lackschuhen, rotem Hut und sogar rotem Regenmantel, da es gerade in Strömen goss. Vor der Haustüre spannte sie ihren schwarzen, superleichten Carbon-Knirps auf, wobei Andrés mit roter Krawatte als einziges Teil in dieser Farbe, kopfschüttelnd spöttelte: „Sag bloß, du besitzt keinen roten Schirm."

„Vergiss nicht, dass wir uns kennenlernten, als ich diese Kleidungsstücke gekauft hatte, und über die Bordsteinkante in deine Arme gefallen war. Ohne die vielen Tüten hätte ich niemals das Gleichgewicht verloren, und dann wären wir uns vielleicht niemals begegnet", rechtfertigte sich Mira lächelnd.

„Eigentlich mag ich ja kein Farbdiktat hinsichtlich meiner Kleidung, aber wenn der Dresscode zufällig meinem Standard-Style und noch dazu meiner Lieblingsfarbe entspricht, dann kann ich damit leben", fügte sie hinzu.

Inzwischen hatten sie Marilyn Mallers Haus erreicht, das sich nur wenige Gehminuten entfernt, ebenfalls in der Bamberger Bergstadt befand.

Die attraktive Witwe war tatsächlich mit einer blonden Lockenpracht wie die gleichnamige weltberühmte Schauspielerin gesegnet. Ein stadtbekanntes Multitalent. Von all ihren breitgefächerten künstlerischen Kompetenzen stand heute die praktische Umsetzung ihrer Genussliteratur auf dem Programm.

Sie wurden von der Gastgeberin im professionellen Küchenchef-Outfit mit einer herzlichen Umarmung und einem Glas Champagner empfangen. Am schön gedeckten Tisch mit einem in der Tischmitte platzierten dunkelroten Rosenstrauß saßen bereits zwei weitere Ehepaare. Es handelte sich um den Oberbürgermeister Dr. Albin Maxim Kraft nebst seiner Gattin Hella Eden, den Logistik-Unternehmer Herbert Esser mit seiner neuen Frau Zelda, einer Rechtsanwältin, und auf einem separaten Hocker, ein paar Meter vom Tisch entfernt, thronte Marvin Spaltnagel mit seiner Gitarre. Mira fühlte sich wie in einem Komödienstadel und blickte ungläubig von einer Person zur anderen.

Marilyn, der die jüngsten Spannungen und Konflikte noch nicht bekannt waren, reagierte überrascht über Miras Schockstarre. Auf die gegenseitige Vorstellung hatte sie verzichtet, da sie wusste, dass alle untereinander bekannt waren.

Nachdem sich alle Anwesenden begrüßt hatten, und Marilyn auf ihr Kreativjubiläum in Sachen Genussliteratur mit allen angestoßen hatte, musterte Mira verhohlen die anderen Gäste. Neben ihr saß die sportliche charmante Hella, die ein schickes schwarzes Kleid geschmackvoll mit einem rubinroten Edelsteincollier kombiniert hatte. Dr. Albin Kraft hatte sich einen roten Schal locker-lässig um den Hals drapiert. Zelda Esser trug einen blutroten Hosenanzug mit einer schwarzen Seidenbluse und schwarzen Lederpumps, Herbert Esser eine rote Fliege und ein rotes Einstecktuch zum weißen Hemd und dunkelgrauen Flanell-Anzug.

Marvin, der als Unterhaltungsmusiker engagiert war, war als Kontrast zur weiß uniformierten Marilyn ganz in schwarz gekleidet.

Jeder trug eine Maske. Keine Anti-Corona-Begegnungsbarriere. Sondern seine persönliche Maske, durch die er seine Emotionen und Befindlichkeiten filterte, bevor er sie seinem Gegenüber entgegenbrachte.

Der Oberbürgermeister hatte sein professionell-herzliches Lächeln aufgesetzt, welches wohl tatsächlich seiner temporären Stimmung in dieser objektiv angenehmen Tischrunde zu entsprechen schien.

Hella, freundlich-natürlich, Zelda gleichermaßen, Herbert Esser undurchdringlich unverbindlich. Andrés in Lauerhaltung, wohl aufgrund der Präsenz seines vermeintlichen privaten Mitstreiters Marvin.

Mira setzte ihr Pokerface auf, da sie Herbert Esser gegenübersaß, den sie vor Kurzem erst am Strand mit Regina entlarvt hatte. Durch seine unsichtbare Maske spürte Mira ganz deutlich seine betretene Verlegenheit.

Marvin vermied den Blickkontakt mit Mira, so gut es ihm gelang, es war ihm sichtbar unangenehm, vor ihr im Beisein ihres Ehemannes aufzutreten.

Der erste Gang wurde serviert.

Rotviolett.

Ein Rote-Bete-Carpaccio mit halbierten Mozzarella-Bällchen in Blumenblütenform mit Crema di aceto balsamico angerichtet. Mira wurde aus ihren Gedanken gerissen und widmete sich dem leckeren Essen.

Andrés war in einem angeregten Gespräch mit dem Oberbürgermeister vertieft, die anderen genossen stillschweigend ihre Speisen.

Mira war die Einzige, die so eine Unbehaglichkeit aufgrund der verborgenen Verbindungen untereinander verspürte. Sie war Mitwisserin der heimlichen Betrugsgeschichte Esser-Reporterin Regina versus Zelda, und sie wusste um Marvins Gefühle für sie selbst.

Der nächste Gang war angerichtet.

„Alles, was ich jemals in meinem Leben getan, erlebt und erreicht habe, hat mich zu der Person gemacht, die ich heute bin", schloss Marilyn ihre kurze Ansprache, mit der sie die Lesung aus ihrem jüngsten rotfarbenen, literarischen Kochbuch präsentierte. Die Anwesenden applaudierten.

„Rot sind bei dieser Speisenfolge mit den gebackenen Austern nur die Safranfäden. Aber dafür handelt es sich hierbei um das teuerste Gewürz der Welt. Es färbt zwar gelb, ist aber rot. Und zudem ein hochwirksames Aphrodisiakum", lächelte Marilyn schnippisch-kokett.

Mira sah im Augenwinkel, dass Andrés Marvin in einem vermeintlich unbeobachteten Moment argwöhnisch beäugte. „Aha", dachte Mira. „Mein eifersüchtiger Spanier sitzt also auf einem Pulverfass und kämpft gerade mit seinen Emotionen, die er professionell kontrolliert."

Mira, Freundin und Mediatorin nahezu aller in dieser Show, spürte, wie sich ihre Mimik verkrampfte, indem sie sich ihrerseits zwang, den Neigungswinkel ihres Lächelns zu kontrollieren. Sie war angestrengt bemüht, ihre Freundlichkeit in der korrekten Dosierung zu zeigen, zumal sie sich wie bei einem Leichenschmaus der Extraklasse fühlte, wo man peinlichst genau darauf achtete, nicht zu breit zu lächeln, um die Trauergefühle der nahen Angehörigen nicht zu verletzen. Auch keineswegs zu weinen, oder gar in Tränen auszubrechen, wenn diese Näherstehenden sich ein tapferes Lächeln abrangen, da man sich nicht gehen lassen wollte, indem man den Emotionen unkontrolliert freien Lauf ließ.

Ein innerer wie äußerer Spießrutenlauf.

Der nächste Gang.

Zelda blickte Mira durchdringend an. Diese fühlte sich von ihr durchbohrt und senkte den Blick auf die rot-weiße Speise auf dem Teller, worauf Erdbeerspalten und Spargelstückchen wie ein dekoratives Mosaik angeordnet waren.

Es folgte ein ihr wohlbekanntes Gitarren-Intermezzo und eine kulinarisch-exotisch-erotische Erzählung aus dem roten Buch.

Bei der nächsten Speisenfolge mit Rotkraut-Granatapfel-Salat und Rehkeule, begleitet von Rotwein, hielt sie Zeldas Blick nicht mehr aus und erhob sich.

„Mir ist heiß", sagte sie zu Andrés, der sie fragend ansah.

„Zielsetzung erreicht", triumphierte Marilyn.

Mira stürzte hinaus auf die Terrasse, die verwunderten Blicke der anderen Gäste im Rücken spürend, und atmete die regenfeuchte Luft tief ein. Zelda folgte ihr. „Zielsetzung erreicht", nickte sie.

„Wenn auch ein bisschen anders, als von der Hausherrin geplant. Wir müssen reden."

„Müssen wir?", erwiderte Mira erstaunt.

„Kurz zu mir", eröffnete Zelda den Hauptdialog.

„Ich war früher Speditionskauffrau bei Herbert im Büro. Ich wollte selbstständige Immobilienmaklerin werden, weil ich mir davon gute Verdienstmöglichkeiten versprach. Ich wagte den Quereinstieg, aber das lief nicht. Du zeigst 30 Wohnungen, bis du endlich einen Abschluss machst. Viele Optionen und viele Gänge und noch mehr Spesen. Das zermürbte mich auf Dauer.

Also studierte ich. Notarin oder Anwältin schwebten mir als neue Traumberufe vor. Nach dem zweiten Staatsexamen begegnete ich Herbert erneut. Er war beeindruckt von meiner Verwandlung und Weiterentwicklung. Es funkte zwischen uns. Früher hatte ich immer ein bisschen für ihn geschwärmt, doch er war damals noch unerreichbar für mich. Noch war die Kluft zwischen uns zu groß und keine Begegnung auf Augenhöhe möglich. Zudem steckte er noch in seiner vierten Ehe fest, und seine Frau war mir eine gute Freundin. Ich trage eine hohe Wertethik in mir, und sage mir immer, dass jeder ein Image zu verlieren hat, ganz gleich wie vermeintlich bedeutsam oder unbekannt er ist. Jeder erfüllt seine Rolle, hat seine Bestimmung, seinen Platz im Leben …"

„Da bin ich ja ganz Ihrer Meinung", konstatierte Mira, „aber warum erzählen Sie mir das alles?"

Von den Blättern der Stechpalme, die in einem großen Pflanzenkübel zwischen ihnen stand, tropfte das nasskalte

Regenwasser herab. Die kühle, bereits herbstliche Feuchtigkeit ließ Mira, die erst vor zwei Tagen aus Italien zurückgekehrt war, frösteln.

„Ich wollte, dass Sie mich einordnen und sich ein ganzheitlich abgerundetes Bild von mir machen können. Ich bin auf den Wohlstand von Herbert nicht mehr angewiesen. Ich bin glücklich, dass wir einander wieder begegnet sind. Aber Sie wirken so sympathisch auf mich, und ich weiß, dass Herbert Ihrem Mann nicht sehr wohlgesonnen ist. Er ist Unterstützer der gegnerischen Partei."

„Das ist mir bekannt", entgegnete Mira.

„Sehen Sie, irgendetwas gefällt mir an der Sache nicht. Er ist oft unterwegs, macht Geschäftsreisen. Er hat ja Immobilien überall auf der Welt verteilt, kauft und verkauft mal hier, mal da. Vorhin warf er dem Musiker einen Blick zu, als seien die beiden Komplizen. Sie scheinen sich zu kennen."

„Das ist mein Kooperationspartner Marvin Spaltnagel. Vor dem Urlaub gingen wir zusammen auf Tournee. Eigentlich kann ich mir nicht vorstellen, wozu Ihr Mann Marvin engagieren könnte, als für ein musikalisches Unterhaltungsprogramm? Wissen Sie, Zelda, als wir in Italien, in Tarquinia am Strand waren, da …"

„Das Dessert ist fertig", rief Marilyn.

„Wir sollten hineingehen", unterbrach die Juristin die Poetin.

Mira war froh, dass sie ihren Satz nicht hatte vollenden können, und sie fragte sich, welche Reaktion ihrerseits die richtige gewesen wäre.

Es gab rotes selbstgemachtes Erdbeerparfait mit Schokoladennougatherzen der Confiserie *Storath*.

„Da hat uns Marilyn im kulinarischen Sinne des Wortes den roten Teppich ausgerollt – und einige hier sehen rot", kommentierte Zelda lakonisch.

Fünfzehn

Einen Monat später, an einem goldenen Herbstabend in der letzten Oktoberwoche, trafen sich Mira und ihre Freundin Zoey zur Happy Hour im spanischen Bar-Restaurant *Bolero* in der Bamberger Judenstraße.

Sie hatten draußen im Garten noch einen schönen ruhigen Platz ergattert, wo sie ungestört von den Augen und Ohren neugieriger Mitmenschen die letzten Neuigkeiten austauschen konnten.

Mira trug ein enganliegendes schwarzes Kleid, das die Kurven ihres Körpers sehr deutlich hervorhob.

„Hast du zugenommen?", fragte Zoey sie nach einer flüchtigen Begrüßung.

„Ja, ein bisschen. Du weißt ja, die gute Küche in Italien und ..."

„Das war vor mehr als vier Wochen", fiel ihr Zoey ins Wort.

„Ich habe viel emotionalen Stress und zudem wenig Zeit", verteidigte sich Mira. „Oft ist mir sogar richtig übel vor lauter Stress. Mit Andrés gibt es häufig Meinungsverschiedenheiten und mit Marvin möchte ich momentan nicht mehr arbeiten, da es anstrengend ist, immer in Abwehrhaltung zu sein. Das fühlt sich wie eine Stand-by-Bereitschaft an; so etwas geht auf Dauer an die Substanz, verstehst du?"

„Ja, das verstehe ich gut, Mira. Du bist schwanger", sagte Zoey geradeheraus.

„Aber nein, Zoey, ganz bestimmt nicht", lachte Mira.

„Willst du denn überhaupt Mutter werden? Ich kann mir dich gar nicht in dieser Rolle vorstellen, du freiheitsliebendes Geschöpf."

„Warum denn nicht. Früher oder später wird Andrés sicherlich Kinder wollen."

„Andrés oder du?", fragte Zoey hart.

„Wir beide natürlich. Ich bin keine Feministin, Zoey, das weißt du doch. Zumal mir beim Erreichen meiner bescheidenen Ziele noch niemals ein Mann im Weg stand oder mich auszubremsen versuchte. Wenn so etwas geschah, dann allenfalls durch ein Weib", schmetterte Mira Zoey entgegen.

„Hoppla, was ist denn in dich gefahren, du bist aber sehr aggressiv heute", wunderte sich Zoey.

„Ich gehe nur in die Defensive", erwiderte Mira beleidigt.

„Deine Defensive ist aber sehr offensiv", konterte Zoey.

„Ich habe es zurzeit nicht einfach, nicht alle begegnen mir in freundschaftlicher Absicht, daher bin ich ein wenig dünnhäutig."

„Mira, du hältst immer allen subtil den Spiegel vor, und das kann die Stadtgesellschaft nicht ertragen, damit sind die Leute überfordert", interpretierte Zoey Miras Problematik.

„Ich bin doch immer zu allen herzlich, sogar wenn es mir schlecht geht und mir schwerfällt, strahle ich die Menschen an."

„Das ist wohl das Problem. Sie fühlen sich von dir und deinem Strahlen wie von Röntgenstrahlen durchleuchtet."

„Wegen meiner sonnigen positiven Wesensart?", wunderte sich Mira.

„Ja, denn es kann nur eine Sonne am Himmel geben, wenn du verstehst, was ich damit sagen will. Der Mond und die Sterne sind nur ein Abglanz der Sonne. Sterne und Sternchen gibt es nur allzu viele", sinnierte Zoey.

„Aus dieser Perspektive habe ich das alles noch gar nicht betrachtet. Apropos Mond: Soll heute nicht einer der vielfach besungenen Blauen Monde zu sehen sein?", fragte Mira.

Aus dem Lautsprecher erklang gerade zufällig dazu passend die Neuinterpretation des Liedes *Guarda che luna* von Ulrich Tukur.

„Aber sieh doch, der Mond ist gar nicht blau, er sieht aus wie immer", bemerkte Zoey achselzuckend, nachdem sie den wolkenlosen Abendhimmel mit ihrem typischen Kontrollblick abgescannt hatte.

„Ach weißt du, Zoey, ein paar süße hellblaue Cocktails können das ganz schnell ändern", lachte Mira schelmisch und signalisierte der in der Nähe zirkulierenden Servicekraft, dass sie gerne noch etwas bestellen würden.

Zeitgleich saßen ihre Männer Lars und Andrés nur eine Straße weiter in der *Brasserie* am Pfahlplätzchen und fieberten eifrig bei der Live-Fußballübertragung von Real Madrid gegen FC Bayern mit.

In der Spielpause sagte Andrés zu Lars: „Stell dir vor, heute Morgen habe ich herausgefunden, dass Kaffee wacher macht, wenn man ihn über die PC-Tastatur schüttet, als wenn man ihn trinkt."

„Soll das jetzt ein Scherz sein?", fragte Lars.

„Nein, ganz im Ernst. Mir steht der Sinn nicht nach Scherzen. Ich bin zurzeit extrem übermüdet, weil ich überhaupt nicht mehr schlafen kann. Die ganze Nacht liege ich wach, wälze mich unruhig hin und her und zähle die Stunden, Minuten und Sekunden, die mir noch bis zum Aufstehen verbleiben. Wenn ich dann endlich die nötige Ruhe finde, klingelt 20 Minuten später mein Wecker. Das kann so nicht weitergehen. Ich habe in der Frühe dann den starken belebenden Kaffee, den ich mir als Gegenmittel, um in den Tag starten zu können, bereitet hatte, mit halbgeschlossenen Augen geschlürft, und bin dabei schlaftrunken gegen die Kante des Küchenregals gestoßen.

Somit habe ich ihn der Übernächtigung geschuldeten schlechten Reaktionsgeschwindigkeit über meinen PC gegossen. Da war ich natürlich sofort hellwach. Adrenalin statt Koffein", erklärte Andrés theatralisch und heftig gestikulierend.

„Gib acht, sonst schmeißt du hier auch noch unsere Biergläser um. Seit wann steht eigentlich dein PC in der Küche?", fragte Lars seinen Freund.

In diesem Moment fiel ein Tor für Deutschland. „Tor!", schrien die anderen anwesenden Männer. „Tooor!"

Inmitten dieses ohrenbetäubend lauten Gegröles zerrte der Sitznachbar Andrés heftig am Ärmel seines Sakkos.

Die beiden Kommunalpolitiker hatten im Eifer des Gefechts gar nicht bemerkt, dass die Spielpause inzwischen vorüber war.

„Ich hatte mich am Vorabend mit dem kleinen Laptop dorthin begeben, da ich noch eine Rede fertigschreiben wollte, und Mira im Wohnzimmer fernsah. Dort hatte ich ihn dann aufgeklappt zurückgelassen", fuhr Andrés fort.

„So geht es, wenn man nicht aufräumt."

„Sagt die Ordnungs-Moralkeule", kam ihm Andrés zuvor.

„Ach Herr Bürgermeister, Sie sind es", rief der Nachbar freudig-überrascht aus. „Sie geben uns hier aber schon eine Trostrunde aus, wenn die Spanier gewinnen, gell, Herr Moreno?"

„Du strotzt ja heute geradezu vor Empathie – was ist denn mit dir los?", wandte sich Andrés wieder an seinen Freund und ignorierte den Kommentar des Bayern-Fans.

„Gegenfrage: Warum kannst DU nicht schlafen?", fragte Lars.

„Ich habe extrem viel Stress", erklärte Andrés.

„Du meinst, du hast Angst, dass dir die Felle davonschwimmen, stimmts? Vielmehr hätte ICH allen Grund für schlaflose Nächte. Die Presse lästert über mich, wo sie nur kann, und du stehst nicht wirklich zu mir. Zumindest nicht in der Öffentlichkeit. Du opferst unsere Freundschaft auf dem Altar der Macht", klagte Lars bitter.

„Das kannst du doch so nicht sagen", entgegnete Andrés entsetzt.

„Doch, genau so kann ich es sagen, weil es so ist. Gib es doch wenigstens zu. Im übernächsten Frühling – in einem Jahr und wenigen Monaten – findet die nächste Oberbürgermeisterwahl statt und du bist der vielversprechendste Kandidat. Albin wird aus Altersgründen, wenn man es ihm auch nicht ansieht, nicht mehr antreten. Du hast also eine reale Chance auf diesen Posten gegen die anderen neun Hanseln, von denen sieben niemals je mit Politik zu tun hatten. Und diese einmalige Gelegenheit willst du dir nicht mit meiner schlechten Gesellschaft vermasseln, nicht wahr?", provozierte ihn Lars.

„Das ist doch Blödsinn. Ich werde doch ohnehin nicht in dieses Amt gewählt. Noch nie war ein ausländischer Mitbürger in Bamberg Oberbürgermeister."

„Du bist Spanier, EU-Bürger mit deutschem Pass und lebst seit deinem Babyalter hier. Deine mediterrane Optik findet die Damenwelt attraktiv, das weißt du doch ganz genau. Es gibt nur ein einziges Hindernis, die deine Angst vor dem Versagen befeuert, und das bin ich", sagte er verbittert.

Ein Tor für Spanien ging ins Netz, kurz bevor der Schiedsrichter abpfiff. Das Spiel endete mit 1:1. Unentschieden.

Sechzehn

„Herzlichen Glückwünsch, Sie sind schwanger", lächelte Dr. Stefan Burger, der freundliche und verständnisvolle Gynäkologe, während er mit der Ultraschallsonde über Miras gelbeschmierte, noch flache Bauchdecke fuhr.

„Und es sind ja sogar zwei, sehen Sie", begeisterte er sich, und verwies auf den Monitor. „Sie erwarten Zwillinge! Zweieiige. Gibt es Zwillinge in Ihrer Familie?"

Mira, die in Rückenlage auf einer weißen, ledernen Liege die Worte ihres Frauenarztes vernahm, als wäre sie gar nicht persönlich betroffen, drehte ihren Kopf nach rechts und starrte mit leerem Blick in den Bildschirm.

„Sie dürfen sich jetzt wieder ankleiden, Frau Moreno, ich werde Ihnen in der Zwischenzeit den Mutterpass ausstellen lassen." Der Arzt reichte ihr ein Stück Küchenrolle, damit sie die Reste des Ultraschallgels von ihrem Körper abwischen konnte. Mira nahm das Papierstück entgegen und starrte den Frauenarzt ungläubig an.

„Freuen Sie sich gar nicht?", fragte der Mediziner, der selbst bereits mehrfacher Großvater war, und sah sie forschend an.

„Sie wirken ganz entsetzt über diese wunderschöne Neuigkeit. Wollten Sie denn keine Kinder?"

Miras Schockstarre löste sich und sie fing sich langsam wieder.

„Aber ja doch", erwiderte sie. „Ich bin jetzt nur ganz überrascht, weil ich doch eigentlich nur zur Routinekontrolle hierhergekommen bin und mit dieser Diagnose überhaupt nicht gerechnet hatte. Eine Freundin prophezeite mir diese Schwangerschaft bereits, da im Anfangsstadium mehrere Symptome eindeutig dafür sprachen, doch ich verdrängte die Tatsachen, weil ich sie nicht wahrhaben und ihr nicht glauben wollte, und belächelte sie.

Ich schob meine Gewichtszunahme auf das leckere Essen in unserem kürzlich zurückliegenden Italien-Urlaub. Diese Auszeit in Italien ist tatsächlich der Grund meines Zustandes, aber nicht das Essen", lachte sie. „Doch, ich freue mich sogar sehr. Und mein Mann, der übrigens selbst sogar ein eineiiger Zwilling ist, wird überglücklich sein."

Mira nahm an der Rezeption das Dokument entgegen, welches ihren Status bestätigte, und vereinbarte die üblichen Kontrolltermine. Dann verließ sie die Praxis in der Hainstraße und radelte durch den angrenzenden Hainpark, um die Nachricht erst einmal für sich selbst emotional zu verdauen, bevor sie innerlich bereit war, sie nach außen zu übermitteln.

Im Stadtpark setzte sie sich auf eine Bank direkt an der Uferböschung der Regnitz und sah dem vorüberströmenden Flusswasser zu. „Panta rhei – alles fließt, alles ist in Bewegung, besagt die heraklitische Lehre. Darüber hinaus ist es eine wundersame Fügung unserer Italienreise", schoss es in ihre Gedanken. Nach einer Stunde empfand sie eine tiefe innere Ruhe.

Sie war bereit für ein neues Kapitel ihres Lebens.

Freudestrahlend fuhr sie über den Buger Berg nach Hause, um ihrem Andrés die großartige Nachricht mitzuteilen. Sie war froh, dass sie diese steile Steigung noch problemlos bewältigen konnte. Ob sie das in ein paar Monaten noch würde schaffen können? Ein wenig bangte die Sportlerin um den temporären Verlust ihrer Kondition, verwarf den Gedanken jedoch rasch wieder.

Ob ihr Liebster schon zuhause war? Sie stellte ihr Mountainbike vor dem Häuschen am Alten Graben ab und schloss aufgeregt die Haustür auf.
„Andrés", rief sie, und lief eifrig nach oben ins Wohnzimmer, wo sie ihn vermutete.

Als sie die Schwelle überschritt, offenbarte sich ihr ein entsetzliches Bild, ein Szenario wie aus einem Horrorfilm.

Andrés lag mit der Hälfte seines augenscheinlich leblosen Körpers von der Couch herabgesunken auf dem Boden. Blut sickerte aus einer Wunde im Schläfenbereich, wo er im Fallen unsanft an das Tischbein geprallt war. Auf diesem Tisch bot sich ihr ein geradezu schauriges Stillleben von einer halbleeren Flasche schottischem Whisky, einem leeren Glas, flankiert von einem leeren silberfarbenen Tablettenblisterstreifen, einem entleerten kleinen runden Döschen, einigen vereinzelten kleinen runden, weißen Pillen und einem Wirrwarr halbzerknüllter Packungsbeilagen zweier Medikamente mit den Wirkstoffen Sufentanil und Lorazepam, sowie einer von Hand gekritzelten Zettelwirtschaft dar.

Mira stürzt sich auf ihn, packte ihn an den Schultern, rüttelte und schüttelte ihn, schrie, suchte seinen Puls, fand ihn nicht, spürte nichts.

Zitternd ergriff sie ihr Handy und wählte den Notruf, dann wurde ihr schwindlig und schwarz vor den Augen. Weinend brach sie zusammen – beide Hände fest auf ihren Unterleib gepresst.

Siebzehn

Laut und schrill ertönte wenige Minuten später die Hausklingel. Mira war schlagartig wieder bei vollem Bewusstsein, doch ihre Beine fühlten sich wabbelig wie Pudding an. Schluchzend schleppte sie sich zur Tür, riss diese auf und betätigte ohne Nachfrage die Öffnungstaste der Gegensprechanlage für den Eingang ins Untergeschoss.

Ein Notarzt betrat kurz darauf in Begleitung von zwei Sanitätern die Wohnung. Mira deutete mit dem Zeigefinger wortlos Richtung Wohnzimmer.

Das Rettungstrio stürmte zu Andrés, der Arzt überprüfte den Puls, nickte, der Rettungsassistent und der Sanitäter hoben den bewusstlosen Patienten sachte auf den Teppich und stabilisierten den Körper in Seitenlage. Dann wandte sich der Notarzt an Mira mit wenigen gezielten Fragen.

„Welches Medikament hat Ihr Mann eingenommen?"

Mira reichte ihm die leeren Verpackungen.

„Wissen Sie, ob diese Schachtel und die Dose zuvor noch voll waren?", setzte der Mediziner stirnrunzelt seine Befragung fort.

Mira zuckte mit den Achseln und schüttelte verzweifelt den Kopf.

„Waren Sie zuhause, um die Uhrzeit der Einnahme eingrenzen zu können?"

Mira öffnete ihre Arme, hob erneut die Schultern an und drehte hilflos die Handflächen nach oben.

„Haben Sie noch eine Erstreaktion sehen können? Hat er den Whisky zeitversetzt davor, während oder nach der Einnahme der Medikamente zu sich genommen? Warum hat er das getan?"

„Ich weiß es nicht", erwiderte Mira im Flüsterton.

„Darf ich mitfahren? Bitte", bat die kreidebleiche Mira mit flehender Stimme die Einsatzkräfte.

„Wir dürfen jetzt keine Zeit verlieren. Atmung und Puls sind sehr schwach. Nur wenn Sie sofort startbereit sind", entschied der Notarzt sachlich.

Flink ergriff Mira ihr Handy und ihre schwarze Lederjacke, schlüpfte in ihre Ballerinas, entnahm Andrés' Versichertenkarte seinem Portemonnaie, und ging vor dem Rettungsteam die Treppe hinab. In der Wohnung leuchteten noch alle Lampen, und zwei Fenster waren sperrangelweit geöffnet – doch all das war jetzt sekundär.

Mit einer Tragbahre transportierten sie den Politiker in den Krankenwagen, aktivierten Blaulicht und Martinshorn und rasten über den Oberen Stephansberg, die Würzburger Straße und die Buger Straße zum nahe gelegenen Klinikum am Bruderwald.

In der Notaufnahme brachten sie Andrés sofort außer Miras Sicht- und Reichweite. Sie erledigte an der Rezeption die Formalitäten, dann bedeutete man ihr, im Wartebereich Platz zu nehmen. Das Licht war grell, die Flure weiß. An ihr ging ein junger Mann vorüber, der soeben in Begleitung von zwei Polizisten den Raum betreten hatte, stark nach Alkohol und nachlässiger Körperpflege roch, und ebenso stark aus mehreren offenen Wunden blutete.

Mira wandte den Blick ab und versuchte sich abzulenken, indem sie die zwischenzeitlich eingegangenen Nachrichten in ihren verschiedenen Social-Media-Kanälen checkte. Sie las, ohne wirklich aufzunehmen, was sie da las. So legte sie ihr Smartphone neben sich und wartete.

Plötzlich sah sie das Display aufleuchten. Es war die Telefonnummer von Ana, ihrer mit ihrem Mann Carlos in der Nachbarschaft lebenden Schwiegermutter.

Mira überlegte, ob sie rangehen sollte, dann entschied sie sich rasch, dass es wohl besser sei, da Ana sie ansonsten ohnehin mit weiteren Telefonaten bombardieren würde.

„¿Que pasa, Mira?", fragte Ana.

„Ich habe gesehen Krankenwagen neben uns. Alles ist gut?"

Mira atmete tief durch. Sie konnte jetzt keine Erklärungen abgeben. Andrés' Mutter sprach immer fehlerhaftes Deutsch, wenn sie nervös war.

„Mach dir keine Sorgen, Ana. Ich kann jetzt nicht sprechen. Ich melde mich später, okay?", presste sie hervor, und versuchte, ihrer Stimme einen harmlosen Klang zu verleihen. Dann zog sie schnell die rote Taste nach rechts und brach in hemmungsloses Schluchzen aus.

„Frau Moreno?" Die dunkle ruhige Stimme des Oberarztes ließ sie aufhorchen und hochschrecken.

„Ja?", antwortete Mira ängstlich und blickte auf.

Sie sah zwei tiefblaue Augen, ebenholzfarbenes Haar, eine schmale Nase, fein geschwungene Lippen und einen elfenbeinfarbenen Teint vor sich. So sah eigentlich nur ein Fernseharzt aus. Jetzt lächelte er sie auch noch ermutigend an.

„Guten Abend, mein Name ist Lorenz", stellte sich der junge gutaussehende Arzt vor. „Bitte kommen Sie mit mir", forderte er Mira auf. Sie begaben sich in einen der kleinen

Räume, und Herr Dr. Lorenz informierte Mira über den kritischen Zustand ihres Mannes.

„Frau Moreno, wir haben Ihrem Mann den Magen ausgepumpt. Er hatte eine viel zu große Menge Lorazepam in Kombination mit Sufentanil zu sich genommen. Hatte er schon seit längerer Zeit Suizidgedanken Ihnen gegenüber geäußert?" Mira schüttelte überzeugt den Kopf.

„Aber nein, er war zwar immer sehr gestresst, aber voller Energie und Lebensfreude", entgegnete Mira.

„Der Mix aus Alkohol, den Tranquilizern und dem Opiat übt eine verheerende Wirkung auf seinen Kreislauf aus."

„Was sind das denn für Medikamente? Ich weiß nur, dass er häufig Schlaf- und Beruhigungsmittel nahm; manchmal auch Schmerztabletten gegen Kopf- oder Rückenschmerzen", wandte sich Mira erklärend und fragend zugleich an den Mediziner.

„Es handelt sich bei den eingenommenen Tabletten sowohl um die Wirkstoffgruppe der Benzodiazepine als auch die der Opiate, die in Verbindung mit dieser beträchtlichen Menge Alkohol geradezu eine mortale Kombination bilden.

Wir haben ihn von einem Herzstillstand und anschließend von einer Atemdepression binnen einer Stunde wieder ins Leben zurückgeholt. Wir konnten ihn stabilisieren, aber er befindet sich jetzt im komatösen Zustand. Über den Berg ist er keineswegs, wir müssen auf der Intensivstation beobachten, wie sich sein Zustand entwickelt", teilte er Mira sachlich, doch gleichermaßen freundlich und einfühlsam mit.

„Gehen Sie jetzt am besten nach Hause und ruhen Sie sich aus. Sie können hier im Augenblick nichts mehr für ihn tun."

Mira sah den Arzt flehend an. „Glauben Sie denn, dass er es schafft? Das glauben Sie doch, oder? Er ist doch noch relativ jung und war ansonsten immer gesund."

Ein laut weinendes Kind und eine schreiende Mutter liefen in diesem Moment an der halb geöffneten Tür vorbei. Aus den Wortfragmenten, die Mira unfreiwillig vernahm, hatte der Familienvater seine Operation unerwartet nicht überlebt.

„Er kommt doch durch?", fragte Mira erneut zwischen Hoffen und Bangen.

„Frau Moreno, ich bin Arzt, nicht Gott", gab ihr Dr. Lorenz in professionell beschwichtigendem Tonfall zur Antwort.

„Belasten Sie sich nicht mit Dingen, die Sie nicht beeinflussen können", empfahl er ihr.

„Sie können jetzt gar nichts tun, außer mit ihren eigenen Kräften richtig haushalten, denn ihr Mann wird Sie brauchen, wenn er durchkommt", fügte er hinzu.

„Für gewöhnlich denke ich ja auch so, aber unter diesen Extrembedingungen gelingt mir das nicht so einfach. Herr Dr. Lorenz, bitte sorgen Sie dafür, dass die Presse noch nichts davon mitbekommt", bat Mira eindringlich den Arzt. Dieser nickte verständnisvoll und drückte zum Abschied mitfühlend ihre Hand.

Mira rief ihren Priesterfreund Johannes Justus Laurentius an, und die beiden trafen sich eine halbe Stunde später im *Little Italy* am Pfahlplätzchen, wo sie sich eine große Pizza Veggies on fire und eine Flasche Chianti teilten. Nach dem ersten Glas fiel ihr ein, dass sie ja schwanger war, und bestellte sich ein Mineralwasser, ohne sich Justus zu erklären. Sie wollte nicht, dass er vor Andrés von dessen Vaterschaft erfuhr.

Justus, den Mira seit jeher Hannes nannte, hörte Mira aufmerksam zu und leistete ihr als extrafamiliäre Kontaktperson Beistand, ohne selbst emotional involviert zu sein, was ihr guttat. Es würde schwer genug sein, sich Andrés' Eltern mitzuteilen.

Vor Anas hysterischem Ausbruch und Carlos' betretenem Schweigen graute ihr schon jetzt.

Der Theologe bot ihr für Andrés unaufdringlich das Sakrament der Krankensalbung an, eine Empfehlung, die Mira dankbar in Erwägung zog, zumal sie sich an jeden Strohhalm klammerte.

Nach der Krisensitzung verabschiedeten sie sich vor dem Restaurant. Sie spazierte durch die Judenstraße den Unteren Stephansberg hinauf und begab sich in die leere gemeinsame Wohnung. Als sie das Wohnzimmer betrat, sah sie vor ihrem geistigen Auge nochmals wie in einem Schauspiel Andrés Körper halb von der Couch herabgesunken, blutend, und blutleer-blass zugleich, leblos, daneben die realen Relikte des schaurigen Albtraums, der leider keiner war.

Eifrig beseitigte sie alle sichtbaren Spuren, doch der Film in ihrem Kopf blieb.

Sie nahm ihr Handy und wählte in ihrer Verzweiflung die Telefonnummer ihrer Eltern, die auf Zypern ihren Ruhestand verbrachten, und die sie daher nur selten zu Gesicht bekam, obgleich sie eine qualitativ positive Beziehung pflegten. Der Ruf ging jedoch ins Leere.

Die nächsten zwei Tage verbrachte Mira in einem Zustand stetiger innerer Hochspannung. Bei jedem Klingeln ihres Telefons schreckte sie voller Panik hoch, von der Angst getragen, es könnte das Klinikum sein, um ihr die Hiobsbotschaft seines Ablebens mitzuteilen. Immer noch war er komatös, und aufgrund des Magenabpumpens und der Immobilität hatte sich eine Lungenentzündung entwickelt, die mit heftigen Fieberschüben einherging.

Mira pendelte täglich zwischen dem Krankenzimmer des Klinikums und ihrem Wohnhaus, Andrés lag kreidebleich mit dunklen blauvioletten Augenringen in den weißen Kissen. Sein fast schwarzes lockiges, halblanges Haar wirkte noch schwärzer. Tagelang schwebte er im Grenzbereich zwischen Leben und Tod, kämpfte einen dramatischen Todeskampf.

Von dem, was sich in seinen Fieberträumen an aufwühlenden, peinigenden Szenen abspielte, bekam jedoch niemand etwas mit.

In diesem Augenblick machte ihn sein Unterbewusstsein auf die Möglichkeit seines Ablebens aufmerksam.

„Es ist schon zu Ende, mein Leben?", dachte er unbewusst voller Angst. „Vorbei? Jetzt schon? Aber ich bin doch noch gar nicht so weit, ich bin doch noch gar nicht bereit, noch nicht fertig. Da gibt es doch so vieles, was ich noch tun wollte. Nein, das darf nicht sein, ich habe doch noch so viel vor. Ich habe doch noch gar nicht genug gelebt. Noch nicht lange genug und noch nicht intensiv genug." – „NEIIIIN", schrie er ganz laut, halluzinierend, in Fiebertrance.

„Was ist los, Herr Moreno?", fragte die diensthabende Pflegefachfrau, die gerade draußen auf dem Korridor vorbeigegangen war, und sofort reagierte. „Haben Sie Schmerzen?"

Andrés hingegen reagierte nicht. Schweißperlen standen auf seiner Stirn, er atmete unruhig und gab im Delirium vereinzelt wirre Wortfetzen von sich.

Er hatte eine Vision. Er sah sein gesamtes bisheriges Leben in Fragmenten revuepassieren. Und in seinem Traum befand er sich in Barcelona in der berühmten Kathedrale Sagrada Família. Da war eine große Trauergemeinde versammelt, die in ihrer klassisch-schwarzen Kleidung einen würdigen Kontrast zu der mit vielfarbigem Licht aufgrund der bunten hohen Fenster in allen Farbschattierungen des Regenbogens durchfluteten Kathedrale abgab.

Jetzt vernahm er von vielen unterschiedlichen Stimmen gesprochen die spanische Version des Vater Unser in seiner Muttersprache, wie es in seiner Santa Biblia bei Mateo 6,9-13 geschrieben steht:

Padre Nuestro
que estás en los cielos
santificado sea tu nombre
venga a nosotros tu reino
hágase Señor tu voluntad
así en la tierra como en el cielo
el pan nuestro de cada día dánosle hoy,
y perdónanos nuestras ofensas
así como nosotros perdonamos
a quienes que nos ofenden
no nos dejes caer en la tentación,
y líbranos del mal.
Por que tuyo es el reino
el poder y la gloria
por los siglos de los siglos.
Amén.

Das Stimmengewirr kam verschwommen aus einem Nebel zu ihm emporgestiegen, der sich jetzt lichtete, und die Personen nahmen klare Konturen an.

Da waren sein Bruder Ramón, der unter unaufhaltsamen Tränen eine Ansprache hielt, seine Schwägerin Marysol, die Kinder: die Nichten Blanca und Alejandra, sein Neffe Esteban und viele weitere, deren Gesichter er nicht sehen konnte. Todernste, traurige Gesichter. Aber wo war denn meine Mira? Mira ist nicht da. Ich sehe sie nicht. Ich muss ganz allein gehen. Ohne Gepäck.

Und ich muss dich, meine geliebte Mira zurücklassen, meine Familie, meine Habseligkeiten.

Auf dem Altar der Macht, dröhnte es in seinem Kopf. Die ersten Töne des ergreifenden wunderschönen *Requiems* von Mozart erklingen laut und klangvoll.

Auf dem Altar der Macht. Auf dem Altar steht eine Urne. Seine Urne. Die Urne mit seiner Asche.

„Wie, ich bin tot? Aber das wollte ich doch gar nicht. Und ich wollte keine Feuerbestattung. Zuerst entschwindet die Seele, und dann ist auch der Körper plötzlich nicht mehr da. So schnell nicht mehr da. Viel zu abrupt einfach weg. Und deinen Angehörigen wird das Gefühl geraubt, das wie ein trostreicher letzter Strohhalm ist, dass du irgendwie noch da bist, weil dein Corpus ja noch existiert. Wenn ich nur noch Staub und Asche bin, wieso kann ich dann denken? Ist es mein Geist? Nur mein Geist? Nein, nein, neiiiin, ich will noch nicht gehen, ich bin noch nicht so weit, ich bin noch nicht bereit." „Nein, nein", schrie er.

Die Krankenschwester kam abermals herein und legte ihm ein kühlendes Tuch auf sie Stirn.

„Er fiebert und fantasiert", erklärte sie Dr. Lorenz, der soeben vorüberging.

Dieser runzelte die Stirn. „Ein Kreislaufzusammenbruch mit Herzstillstand, akuter Atemstillstand, zweimalige Wiederbelebung. Lungenentzündung infolge des Magenauspumpens und der Bettlägerigkeit. Die Leber rebelliert aufgrund der geballten Ladung toxischer Substanzen in seinem Körper. Es sieht nicht gut aus."

Kurze Zeit später folgte der nächste Fiebertraum. Auf leisen Sohlen betritt Marvin sein Krankenzimmer. In seinen Händen trägt er ein großes weißes Federkissen. Langsam schreitet er auf ihn zu. Er kommt näher, immer näher. Jetzt sieht Andrés nur noch das Kissen. Marvin presst es heftig und unter vollem Einsatz seiner ganzen Kraft auf Andrés' Gesicht. Dieser kann nicht mehr atmen. Er strampelt wild um sich und ringt röchelnd nach Luft.

„Aaaaaah", schrie er. „Hilfe, ich ersticke! Hiiiiilfe!"

Erneut stürzt die Krankenschwester zu ihm.

„Herr Moreno!"

„Hiiilfe!"

„Herr Moreno! Hören Sie mich?"

Sie konnte ihn nicht erreichen, als wandelte er bereits auf einer anderen für sie unzugänglichen Ebene.

Justus kam auf Miras Geheiß hin vorbei und spendete ihm das Sakrament der Krankensalbung.

Er diskutierte mit der verzweifelten Mira.

„Wo du ohnehin keinen Einfluss hast: Überlass es Gott und belaste dich nicht damit."

„Ähnliches hat Herr Dr. Lorenz auch schon zu mir gesagt. Und ich selbst hatte es bereits zuvor längst zu einem meiner Lebensmottos gemacht.

Aber so einfach ist das in der praktischen Umsetzung nicht, Hannes."

Zwischendurch statteten ihm auch Andrés' Eltern Carlos und Ana, Lars mit Zoey und Sándor Dorian ihre Besuche ab. Alle waren gleichermaßen erschüttert, da sie ihn nicht erreichen konnten.

Mira benötigte dringend frische Luft. Da sie wie auf glühenden Kohlen saß, ging sie in den an das Areal des Klinikums angrenzenden Bruderwald und durchstreifte quer abseits der erschlossenen Pfade den Wald. Sie wollte niemandem begegnen, ganz allein sein und den Kopf frei bekommen.

Als Mira nach einigen wenigen Stunden in der Natur und zuhause wieder zurück ins Krankenhaus kam, war Andrés' Bett leer.

Sie erschrak heftig und flitzte hinaus, auf den Linoleumboden des Korridors. Die Krankenschwester, die Mira inzwischen kannte, und ihren schockierten Gesichtsausdruck richtig interpretierte, beruhigte sie.

„Keine Angst, Frau Moreno. Ihrem Mann geht es den schlechten Umständen entsprechend gut. Wir haben ihn in ein schöneres Zimmer verlegt, da er ja eine Zusatzversicherung für die erste Klasse besitzt. Bei seiner Einlieferung war in dieser Kategorie alles ausgebucht."

„Er liegt ja sowieso im Koma und merkt gar nicht, wo er sich befindet", meinte Mira lakonisch.

„Sagen Sie das nicht", erwiderte die Pflegefachkraft.

„Wir wissen immer noch nicht, wie viel in diesem Zustand wirklich wahrgenommen wird", fügte sie hinzu.

Achtzehn

„Frau Moreno?"

„Ja?"

„Hier spricht Esser, Zelda Esser. Bitte legen Sie nicht auf", vernahm Mira vom anderen Ende der Leitung ihres Mobiltelefons.

„Ich habe wichtige Informationen für Sie, die Sie interessieren werden. Damit können Sie die Zusammenhänge besser verstehen, warum diese negativen, unliebsamen Pressemeldungen über Ihren Freund Lars Steinbock entstanden sind. Ich möchte Ihnen gerne ein ganzheitliches Bild liefern."

„Frau Esser, Sie überfordern mich. Mein Mann liegt im Koma, ich verbringe den Großteil meiner Zeit hier in dieser trostlosen Atmosphäre des Krankenhauses. Ich kann nicht mehr, verstehen Sie?", lamentierte Mira.

„Das verstehe ich. Bitte nennen Sie mich doch Zelda. Sie versuchen, mit den Fragmenten, die Ihnen vorliegen, Hintergründe zu erforschen. Sie kommen aber so nicht weiter, weil Ihnen bedeutsame Puzzleteile fehlen, um die Zusammenhänge zu erfassen. Wir können uns doch in der Cafeteria des Klinikums treffen. Wann passt es Ihnen?", insistierte Zelda Esser.

„Also gut. Morgen um 15 Uhr, okay?", gab Mira nach, da sie spürte, dass die Unternehmergattin hartnäckig blieb.

„Einverstanden", bestätigte ihr ihre Gesprächspartnerin.

Pünktlich um 15 Uhr trafen sich Mira und Zelda am Folgetag in der Krankenhaus-Cafeteria, wo für das medizinische Personal ein eigener Bereich abgeteilt war.

Mira war blass, ungeschminkt, sie hatte aufgrund der Übernächtigung mittlerweile wie ihr Mann Andrés, bläuliche ringförmige Schatten unter den Augen.

Sie begrüßte Zelda höflich, aber unverbindlich-distanziert, nahm sich am Selbstbedienungsbuffet ein Stück gedeckten Apfelkuchen mit Schlagsahne und einen Pott schwarzen Kaffee, Zelda bevorzugte Erdbeerkuchen ohne Sahne und Cappuccino.

„Was möchten Sie mir mitteilen?", eröffnete Mira ohne Umschweife das Gespräch, nachdem sie an einem der Tische am Fenster, zum äußeren Eingangsbereich des Gebäudes hin, Platz genommen hatten.

„Mein Mann hat ein Verhältnis mit der Frankenkurier-Reporterin Regina! Ich habe das herausgefunden, weil er sein Handy versehentlich am Esstisch liegenließ, als er kurz nach dem Sport unter die Dusche ging. Lange genug, um zwei einschlägige WhatsApp-Nachrichten lesen zu können, die gerade bei ihm eingingen. Sein Gerät ist zwar mit Codierung gesperrt, aber zum Zeitpunkt des Nachrichteneingangs sind diese auf dem Display trotzdem sichtbar", platzte Zelda heraus.

„Das weiß ich doch – ich habe solch eine Situation kommunikationstechnisch selbst schon ein paar Mal erlebt, und ich weiß auch vom Fremdgehen Ihres Ehemannes", erwiderte Mira müde. „Und was habe ich damit zu tun?"

„Woher wissen SIE das?", empörte sich Zelda.

„Die beiden waren in Italien am Strand, als ich mit Andrés dort war", erklärte Mira gleichgültig achselzuckend.

„Und das sagen Sie mir erst jetzt?"

„Entschuldigen Sie, Zelda, aber ich weiß nicht, wie der Status einer Beziehung ist, wenn ich per Zufall etwas sehe. Für gewöhnlich gehe ich diskret mit derartigen Wahrnehmungen um und hänge sie nicht an die große Glocke!"

„Die große Glocke oder die direkt Betroffene in Kenntnis zu setzen sind aber zweierlei Paar Schuhe", gab Zelda kritisch zu bedenken.

„Zelda, bitte, ich habe zurzeit wirklich andere Sorgen. Wir sind uns bei Marilyn erstmals analog begegnet, und das war unmittelbar nach unserem Urlaub. Zuvor kannte ich Sie gar nicht. Es gibt Paare, die per Absprache offene Beziehungen führen. Ich wollte an diesem Abend sogar etwas zu Ihnen über meine Entdeckung sagen, doch unser Gespräch wurde durch die Aufforderung der Gastgeberin, uns zum Dessert wieder nach innen zu begeben, unterbrochen. Wir bewegen uns also gerade im Kreis. Bitte kommen Sie zur Sache. Was möchten Sie mir wirklich sagen?", reagierte Mira genervt.

„Regina war früher mal sehr in Lars verliebt, und hatte sich damals große Hoffnungen auf Erwiderung ihrer Gefühle gemacht, hatte von ihm jedoch eine saftige Abfuhr erhalten, da Lars absolut desinteressiert an ihr war. Daher war sie bereit, Lars schlecht zu machen, als mein Herbert, für den sie jetzt Feuer und Flamme ist, sie darum bat.

Herbert benutzt sie vermutlich nur. Das hat er mir zumindest gesagt, als ich ihn zur Rede gestellt hatte, da ich meine Wut nicht zügeln konnte, nachdem er nach verrichteter Körperpflege sein Smartphone wieder an sich genommen hatte.

‚Deine Geliebte hat dir geschrieben', warf ich ihm zynisch vor. Er blieb gelassen und winkte ab. ‚Die instrumentalisiere ich doch nur, weil ich sie für die Presse brauche. Sie bedeutet mir nichts. Überhaupt nichts. Beruhige dich', versicherte er mir, und wollte mir einen Kuss geben. Ich drehte meinen Kopf weg und beruhigte mich keineswegs. Nicht weil Regina für ihn emotional mehr oder weniger bedeutungslos ist oder war, sondern weil ich mich fragte, was für ein Monster ich da geheiratet hatte. Ich wollte keinen Mann, der Menschen Gefühle vorgaukelt, um sie dann für seine Zwecke schamlos zu instrumentalisieren. Das ist in höchstem Maße widerwärtig, und das habe ich ihm auch frank und frei gesagt."

Mira, die zwischenzeitlich ein Stück des Apfelkuchens zu sich genommen hatte und ihn mit einem Schluck Kaffee hinunterspülen wollte, verschluckte sich an einer Rosine und hüstelte.

„Warum wollte Ihr Mann also Regina benutzen? Lassen Sie mich raten: Weil er Lars ohnehin noch nie mochte und die gegnerische Partei zu unterstützen gedenkt, indem er Lars, der eine starke Reichweite besitzt, durch Regina schlecht macht, wobei jede Kleinigkeit übertrieben und hochgehängt wird, richtig?"

„Ja, genau so ist es. Deshalb sagte ich ja neulich zu Ihnen, dass jeder ein Image zu verlieren habe."

„Das ist Rufmord", wetterte Mira.

„Es kommt gleich noch viel heftiger, meine Liebe."

„Welche Rolle spielt eigentlich mein Kompagnon Marvin in diesem Spiel?", fragte Mira argwöhnisch.

„Aha, Sie wissen bereits etwas?", wunderte sich Zelda.

„Ich weiß gar nichts. Aber ich ahne etwas, denn ich bekam mit, dass die beiden telefonischen Kontakt hatten, während wir auf unserer Tournee waren", erklärte Mira.

„Ihr Marvin ließ sich von Herbert finanziell unterstützen."

„Daran ist ja nichts Schlechtes", verteidigte Mira ihren Kollegen. „Viele Künstler haben einen Mäzen, einmaligen Sponsor oder werden offiziell subventioniert, obwohl sie fleißig und talentiert sind, da die erwirtschafteten Einnahmen nur einen Bruchteil ihres Lebensunterhalts decken."

„Das ist richtig. Aber Ihrem Marvin wurde dafür eine Gegenleistung abverlangt", erklärte Zelda, nahezu im triumphierenden Tonfall.

„Ich hörte einmal von einer Auftrittsgage, die sehr hoch war", entgegnete Mira.

„Das war keine Gage für eine musikalische Darbietung. Das war eine Denunziationsgage. Er sollte Lars ans Messer liefern, indem er Regina mit negativen Informationen füttert, die sie dann wiederum in ihrer Kampagne gegen den inzwischen ungeliebten Lars in ihrem professionellen Machtinstrument ‚Presse' publizistisch verwerten kann. Marvin überwachte alle Social Media Accounts von Lars, kontrollierte seine Beiträge und fertigte Screenshots davon an. Lars war manchmal ein bisschen unvorsichtig, indem er spontan unüberlegte Kommentare von sich gab, die vielleicht dem political hyperkorrekten Mainstream gegenüber etwas zu kritisch geartet waren. Somit konnte Marvin sich an Lars rächen."

„Warum sollte er das tun? Er hat doch überhaupt keinen Grund dazu", wunderte sich Mira.

„Weil er sich zum wiederholten Mal bei *Festate* beworben hatte, und Lars ihm erneut eine Absage erteilt hatte. Er war auf das Folgejahr vertröstet worden, dann hatte es jedoch wieder nicht geklappt. Dabei würde er sehr gut ins Programm passen. Ich habe ihn ja bei Marilyns Abendessen erlebt", überlegte Zelda.

„Woher wissen Sie das alles?", fragte Mira.

„Von Herbert. Wir haben uns wieder versöhnt. Aber dennoch möchte ich KIarheit in dieser Angelegenheit. Diesen Opportunismus, diese Maskerade der Macht gilt es zu demaskieren, zu enttarnen, zu entlarven. Nicht wenige Karrieristen sitzen bereits wie die Spinnen im Netz in ihren Start-löchern und sind bereit, ihre besten Freunde zu verraten und zu verkaufen. Das sind die Judasse der Neuzeit", schimpfte Zelda.

„Das ist ja ein starkes Stück", stöhnte Mira gereizt.

„Ich hasse diese Machtgelüste und Machtspielchen der Machtmenschen. Sie sind absolut unattraktiv", entfuhr es ihr erzürnt.

„Wie kann man nur seine parteipolitischen Interessen über menschliche, freundschaftliche Werte stellen?" Mira schüttel-te angewidert den Kopf.

„Langsam verstehe ich, warum Andrés überhaupt nicht mehr abschalten kann. Stets ist er von diesen machthungri-gen Geschöpfen umzingelt. Jedes Problem hält Einzug in un-ser Schlafzimmer und liegt in der Besuchsritze unseres Ehe-bettes – Nacht für Nacht", entfuhr es Mira theatralisch.

„Wir wollen die Situation jetzt nicht unnötig dramatisie-ren", beschwichtigte Zelda ihr aufgewühltes Gegenüber.

„Doch Zelda, das ist ein Drama. Ein paar Korridore weiter liegt mein Mann im Koma, er wird seinen Selbstmordversuch vielleicht nicht überleben. Und diese zermürbenden Proble-me, die ihn innerlich auffressen, sind wohl der Ursprung des ganzen Übels. Ich erwarte Zwillinge von ihm, und er weiß es noch gar nicht. Als ich es ihm mitteilen wollte und überglück-lich unsere Wohnung betrat, fand ich ihn, verstehen Sie?", schluchzte Mira.

„Oh je, das tut mir sehr leid, das wusste ich nicht", rechtfer-tigte sich Zelda mitfühlend.

„Sie müssen sich nicht entschuldigen, Sie konnten das ja gar nicht wissen, und Sie können auch nichts dafür. Im Ge-genteil. Ich bin Ihnen sehr dankbar, dass Sie mir die Augen geöffnet haben.

Mit Marvin ist hiermit meine Kooperation endgültig beendet. Sie lag ohnehin auf Eis, da er mir gegenüber sexuelle Interessen äußerte."

„Auch das noch", stöhnte Zelda.

„Aufgrund meiner Liebesablehnung verspürte Marvin natürlich dann auch keinerlei Loyalitätsbedürfnis mehr meiner Person gegenüber, zumal er von meiner freundschaftlichen Beziehung zu Lars wusste. Ich möchte übrigens nicht, dass Andrés der Letzte ist, der von seiner Vaterschaft erfährt. Bitte behalten Sie meine speziellen Umstände noch für sich – ich verlasse mich auf Ihre Diskretion."

Neunzehn

Mira musste hier raus. Dringend. Sie brauchte eine Auszeit, um wieder zu Kräften zu kommen und ihre Gedanken ordnen zu können.

Nach dem Gespräch mit Zelda war sie zu allem Überfluss noch von der rasenden Reporterin Regina des Frankenkurier überfallen worden, der vermutlich bereits von den Whistleblowers dieser Welt informiert worden war, dass der Bürgermeister Andrés Moreno hier auf Station lag. Diesmal wollte sie jedoch eine Stellungnahme zu einer anderen Thematik seitens Mira. Vor dem Klinikum hatte sich eine Schar lebhafter, empörter Demonstranten versammelt, die verhindern wollte, dass die Veranstaltungen, die unter dem Titel *Kunst im Klinikum* in regelmäßigen Abständen stattfanden, aus Kosteneinsparungsgründen abgeschafft würden. Die Kunst, die auf Initiative einer der Chefärzte hin installiert worden war, brächte Farbe und Unterhaltung in das triste Einheitsgrau der Flure und würde Patienten wie deren Besucher die seelische Schwere nehmen.

„Sie demonstrieren nicht, Frau Moreno?", fragte sie im subtil vorwurfsvollen Tonfall.

„Warum sollte ich?", entgegnete Mira souverän. „Ich bin Kulturschaffende."

„Eben drum", erwiderte Regina triumphierend.

„Wenn nicht Sie, wer dann? Sie sollten sich einbringen, gerade Sie", appellierte die Journalistin an Miras Gewissen und ihre soziale Verantwortung. „Sie als Bürgermeisterfrau haben eine Stimme …"

„Jeder hat eine Stimme", wehrte sich Mira schlagfertig-barsch.

„Sie haben eine Stimme mit besonderem Gewicht", setzte Regina den Schlagabtausch fort. So schnell gab sie sich nicht geschlagen, für ihre Hartnäckigkeit und Unnachgiebigkeit war sie bekannt. Mit dem scharfen Blick einer Pausenhofaufsicht blickte sie Mira anklagend an.

„Sie tragen eine den anderen übergeordnete Verantwortung, und müssen dieser auch gerecht werden und sich ihr würdig erweisen."

„Hören Sie", erklärte Mira ruhig. „Ich muss gar nichts. Meine Kunst ist mein kreativer Aufstand gegen den Einheitsbrei, die immer stärker zunehmende Konformität. Ich bringe mich genug ein. Auf meine Art.

Und jetzt entschuldigen Sie mich bitte, ich habe jetzt keine Zeit mehr. Und bevor Sie mir jetzt mitteilen, dass jeder 24 Stunden Zeit am Tag zur Verfügung hat, dann möchte ich Ihnen damit sagen, dass ich jetzt keine Zeit mehr für Sie habe, weil ich Wichtigeres zu tun habe, was ich priorisieren möchte."

„Wie geht es Ihrem Mann?"

Mira überhörte die letzte Frage, da die Pressedame in ihrer aufdringlichen, grenzüberschreitenden und übergriffigen Lästigkeit nicht einmal so viel Anstand und Empathie besaß, die Stillung ihrer Neugierde wenigstens der Form halber mit höflichen Genesungswünschen zu verbinden.

„Dies befindet sie scheinbar nicht für nötig", dachte Mira ärgerlich.

Anschließend hatte sie eine ganze Nacht lang an Andrés Bett verbracht, mit ihm geredet – wenn es auch eher ein Monologisieren war – und seine Lieblingsmusik leise abgespielt.

In ihrem Smartphone fand sie einen günstigen Direktflug für den kommenden Nachmittag um 15 Uhr von Nürnberg nach Málaga zum Preis von nur € 30,49 mit Ryanair. Da sie nur für ein paar Tage dorthin wollte, war diese Variante bei den insgesamt rund 5.000 zu bewältigenden Kilometern die beste Lösung.

Ihr Schwager, Andrés' Bruder Ramón, musste unbedingt über den Zustand seines Zwillings informiert werden. Diese traurige Botschaft wollte Mira ihm auf jeden Fall persönlich überbringen.

Als die Nachtschwester ihren Dienst beendet hatte, fuhr Mira mit der ersten Stadtbus-Frühlinie 908 um 5.50 Uhr vom Klinikum zur Laurenzistraße, spazierte nach Hause und legte sich für zwei Stunden in die Wohnlandschaft, wo sie endlich ein bisschen Schlaf finden konnte.

Dann erhob sie sich, begab sich mit dem ihr eigenen tänzelnden Schritt in die Küche, brühte sich einen Caffè Americano auf und bereitete sich ein frisches, gesundes Müsli aus zarten Haferflocken, Naturjoghurt, Äpfeln, Heidelbeeren, Orangen, frisch gepresstem Zitronensaft, klein geschnittenem Ingwer und etwas Traubenzucker zu.

Gestärkt absolvierte sie mit der gewohnten Disziplin ihre Morgengymnastik, eine Mischform aus Yoga und Tanz, zu ihrer neuesten Eros Ramazzotti-CD. Daraufhin duschte sie und packte ein paar luftige Sommerkleider, Sandalen und ihren Bikini in ihren kleinen roten Bordtrolley.

Anschließend fuhr sie mit dem Bus Nr. 901 zum Bamberger Bahnhof. In der Tasche hatte sie auch ihren kleinen Laptop, da die Zeit gefühlt damit ungefähr zehn Mal schneller verstrich. Darüber hinaus liebte sie es, unterwegs auf den Bahntischen oder Flugklapptischchen mit ihrem PC zu arbeiten, da sie auf Reisen nicht von irgendwelchen anderen Verpflichtungen abgelenkt werden konnte. Zuhause piepste immer irgendein Haushaltsgerät, wie die Spül- oder Waschmaschine, was die Unterbrechung ihrer Schreibarbeit erforderlich machte. Unterwegs konnte sie hingegen ganz fokussiert mit höchster Konzentration an ihrem Text arbeiten, da sie in diesem Moment nichts anderes zu tun hatte.

In ihren Gedanken entwickelte sie Einsteins Relativitätstheorie weiter, indem sie die These ins Leben rief, dass nicht nur in einem fahrenden Zug die gefühlte Zeit langsamer verstrich, sondern dass in selbigem Zug die Zeit dennoch mindestens 50-mal schneller verging als in der Wartephase auf einem kalten zugigen Bahnsteig.

Die S1 kam pünktlich, in Nürnberg stieg sie in die U-Bahn zum Flughafen um. Wiederum kam ihr in der Bahn das Gleichnis mit dem Leben und dem fahrenden Zug in die Gedanken. Du weißt nie genau, wann die geliebte Person aus dem Zug aussteigt, und dich damit für immer verlässt. Ihre Augen füllten sich mit Tränen. Sie wollte nicht ohne Andrés leben, jetzt doch noch nicht, und in ihrem aktuellen Zustand erst recht nicht. Leider stand sein Überleben jedoch noch auf der Kippe.

In der Bahn saß ein schlanker dunkellockiger Jugendlicher mit einem bunten Blumenstrauß bewaffnet.

Mira rätselte, welchen Zweck dieser wohl erfüllen sollte. War er unterwegs zu seiner kranken Oma? Oder zum Geburtstag seiner Mutter? Oder hatte er vielleicht ein Date? Waren in diesem Fall die Blumen für die verehrte, zu umwerbende Zukünftige oder gar für die Schwiegermutter in spe, die es zu gewinnen galt?

Der Jugendliche stieg aus. Eine Muslima mit Hidschab, ganz in schwarz-weiß gekleidet, betrat an seiner Stelle die Bahn. Alle Plätze waren voll besetzt, mit Ausnahme einer Zweierbank, auf der bereits eine katholische Nonne des Benediktinerordens saß, wie Mira am Habit deutlich erkennen konnte. Die Muslima nahm neben ihr Platz. Sie trugen fast das gleiche Outfit und gaben damit sprichwörtlich ein Bild für die Götter ab. Für beide Götter? Zwei unterschiedliche?

Sie dachte an die 72 Jungfrauen im Paradies, die nach dem islamischen Glauben den seligen Märtyrern zusätzlich zu den Ehefrauen beigegeben werden. Sie fragte sich, was eigentlich geschieht, wenn die alle entjungfert sind. Dann ist die Party ja für immer vorbei.

Die Ankunft der Bahn am Flughafen beendete ihre mentalen Reflexionen. Auch der Nachmittagsflug nach Málaga war ausgebucht. Als die dunkelblaue Maschine der irischen Fluggesellschaft mit der goldenen Harfe abhob, atmete Mira erleichtert auf. Abstand. Endlich. Innerlich wie äußerlich.

Bei der freundlichen Stewardess im klassischen, dunkelblauen Kostüm bestellte sie einen starken Kaffee, um ihr Schlafdefizit zu kompensieren.

Während des Fluges ruhte sie aus und blickte aus dem kleinen Fenster. Ihren Besuch hatte sie nicht bei ihren Verwandten angekündigt. Als sie sich kurz in das Bord-WLAN einloggte, um ihren Facebook-Account, den sie überwiegend als PR-Plattform nutzte, zu checken, fand sie dort viele mitfühlende Kommentare mit Genesungswünschen für Andrés. Allerdings waren auch einige gehässige darunter, die Miras Loyalität und Freundschaft zu Lars kritisierten, was Mira jedoch nicht an sich heranließ.

Drei Stunden später landete die Maschine in Málaga. Wie wunderbar vertraut war ihr diese wunderschöne mediterrane Umgebung mit Palmen und Meer; und würde da nicht Zeldas entsetzliche Offenbarung im Raum stehen, und Andrés nicht komatös im Klinikum liegen, würde sie jetzt maximale Glücksgefühle empfinden.

Eigentlich war das Meer für Mira immer schon ein Zufluchtsort gewesen, sei es auf der deutschen Nordseeinsel Borkum, im italienischen Tarquinia, oder hier, im spanischen Málaga. Der Aufenthalt am Meer läuterte und befreite sie in vielerlei Hinsicht.

Oft dachte sie bereits, dass das Meer den Unrat enttarnt, wenn die Ebbe kommt. „Und jetzt werdet ihr alle sehen, wie ich all diese unsichtbaren Masken demaskiere. Und sie glauben tatsächlich, dass sie nicht durchschaut werden, diese hochwohlgeborenen Herrschaften", sagte sie zu sich selbst.

Da sie diesmal nur Handgepäck bei sich hatte, konnte sie ohne Wartezeit am Gepäckband in das nächste bereitstehende Taxi vor dem Ausgang steigen.

„Buenos días. Al hotel *Parador* por favor."

Der attraktive junge Fahrer nickte, lächelte und fuhr los.

Wenig später waren sie auf der Anhöhe mit dem traumhaften Blick auf Málaga angekommen.

Mira hatte ein bisschen das Gefühl, nach Hause gekommen zu sein.

„¡Mi querida, que alegria, que sorpresa! ¿Mi hermano, dónde está?"

(Meine Liebe, welche Freude, was für eine Überraschung! Wo ist mein Bruder?)

Mira sah ihren Schwager Ramón, der sie mit einer herzlichen Umarmung und freudestrahlendem Lächeln begrüßt hatte, mit großen traurigen Augen an und schwieg. Aufgrund

des identischen Erscheinungsbildes des eineiigen Zwillings-
bruders ihres Mannes war ihr für einen Moment, als würde
Andrés selbst von einer Spontanheilung gesegnet, plötzlich
genesen, gesund und munter vor ihr stehen.

„Ist etwas passiert?", fragte Ramón intuitiv.

Mira nickte, und ihre Augen füllten sich erneut mit Tränen
Sie berichtete ihm kurz, was geschehen war.

„Du bist schwanger? Gemelos – Zwillinge? – sagt man so
auf Deutsch? Und warum liegen Freude und Leid so nah bei-
einander? La alegría y la tristezza están muy juntas", wiederholte er in seiner Sprache.

„Lass uns raus auf die Terrasse gehen. Marysol und die
Kinder sind gerade nicht da, du wirst sie später sehen. Er
wies seinen Oberkellner an, eine Flasche Palador Rioja und
Mineralwasser zu bringen. „Palador im Parador", kommentierte Mira.

„Sabes – weißt du, es geschieht überall auf der Welt das
gleiche. Menschen werden geboren, verlieben sich, streiten,
werden krank, genesen wieder, oder sterben – früher oder
später sowieso. Und wir müssen versuchen, das Beste daraus
zu machen. Siempre – immer", betonte er mit Nachdruck.

Aus den Lautsprechern der Terrasse erklangen die stilvol-
len instrumentalen Jazzrhythmen von Hank Mobley: *Recado
Bossa Nova remastered 2005*. Die erschöpfte Mira ließ sich von
Wein und Musik berieseln und sank dann in ihrem Zimmer
sofort in einen tiefen traumlosen Schlaf.

Am nächsten Morgen unternahm sie nach dem Frühstück einen Spaziergang am Meer.

Der Himmel war tiefblau, das Meer dunkelblau, die Luft
lau und dann diese Sonne. War das wirklich die gleiche Sonne wie zu Hause? Unvorstellbar, wenn man diese Intensität,

ganzjährige Wärme, und dieses schöne Schauspiel der Natur hier beobachtete. Die Wogen rauschten, die Gischt umspülte ihre Füße. Es tat ihr gut, barfuß im Sand zu gehen, da ihre Knöchel aufgrund der hormonellen Umstellung bereits etwas angeschwollen waren.

„Die Mutterschaft kannst du gleich trainieren, möchtest du deinen Nichten und Neffen eine Geschichte erzählen?", forderte später ihre Schwägerin Marysol sie lachend heraus.

Esteban, Alejandra und Blanca kamen freudig herbeigeeilt.

In diesem Moment klingelte Miras Handy. Es war Dr. Lorenz aus dem Klinikum der Sozialstiftung Bamberg.

„Frau Moreno, kommen Sie schnell. Ihr Mann ist aufgewacht."

Zwanzig

Miras Herz machte einen Freudensprung.

„Ich komme sofort. In zehn Stunden kann ich da sein."

„Wo sind Sie denn?", fragte der Arzt verwundert.

„In Málaga. In der Geburtsstadt meines Mannes. Dort lebt sein Zwillingsbruder Ramón. Ich wollte ihn und seine Familie persönlich über das Geschehene informieren", rechtfertigte sie ihre spontane, kurzfristige Abwesenheit.

Sie freute sich riesig. Endlich würde sie wieder ihren geliebten Mann in die Arme schließen können. Rasch buchte sie den nächstmöglichen Rückflug, und Marysol brachte sie mit dem Hoteltaxi zum Flughafen.

„Gerade bist du angekommen, jetzt verlässt du uns schon wieder", lächelte sie ein wenig wehmütig. „Quizás – vielleicht musstest du erst weggehen, damit sich etwas bewegt, manchmal ist es nun mal so. Destino – Schicksal. Guten Flug – und melde dich, gib uns Bescheid, wie es Andrés geht, und natürlich unbedingt, sobald wir frischgebackene Onkel und Tante sind."

„Selbstverständlich, Marysol. Vielen Dank für alles, der kurze Abstand hat mir gutgetan. Ich habe das echt gebraucht." Sie umarmte die Schwägerin, ergriff ihren Board-Trolley und lief eiligen Schritts, ohne sich nochmals umzudrehen, zum Check-in-Schalter. Wer sich umdreht, erstarrt zur Salzsäule im Vergangenen. Es musste jetzt alles weitergehen, und dafür galt es zuversichtlich nach vorne zu blicken.

Während des Flugs malte sie sich in den schillerndsten Farben ihr Wiedersehen mit Andrés aus, und sie stellte sich seine große Freude vor, wenn sie ihm ihre Schwangerschaft offenbarte.

Dann würde er sofort wieder neue Lebenslust in sich verspüren, war doch eine Familiengründung für ihn häufig schon Thema angeregter, abendlicher Diskussionen gewesen.

Voller Vorfreude verbalisierte sie auf der Rückseite ihrer Bordkarte die in ihr aufkeimenden Emotionen:

Wiedersehen

Ich habe jede Minute gezählt
denn du hast mir so sehr gefehlt
ständig habe ich an dich gedacht
bei Tag und in der Nacht
Ich habe dich so sehr vermisst
und Angst gehabt
dass du mich für immer vergisst
und nicht mehr an mich denkst
weil du deine Aufmerksamkeit
jetzt einer ganz anderen Welt schenkst

Was ich dir eigentlich sagen wollte:
Die Sonne geht für mich auf
jedes Mal wenn ich dich sehe
Sie wäre für immer untergegangen
wärest du hinfort gegangen
Die Sonne
du hättest sie mitgenommen

Doch du bist wieder da
und dein Strahlen berührt mich wie immer
Ich liebe dich
mit deinen Worten umarmst du mich
Der Morgen graut nicht
er blaut, rötelt oder goldet
in der Begegnung mit dir.

In Frankfurt war nach dem Durchbrechen der Wolkendecke der Himmel allerdings nicht blau, sondern unfreundlich-farblos grau, und das Wetter entsprechend schlecht. Mira hatte so kurzfristig keinen Direktflug nach Nürnberg mehr erhalten können. So fuhr sie nach der Landung in Frankfurt mit ihrem Deutschland-Ticket zunächst bis zum Hauptbahnhof, und dann mit dem RE 54 weiter nach Bamberg.

Als sie am späten Abend dort ankam, nahm sie sich nicht einmal die Zeit, den Umweg über ihre Wohnung zu machen – obwohl diese eigentlich auf dem Weg lag – sondern sie fuhr direkt mitsamt ihrem Gepäck vom Bahnhof mit der Stadtbus-Linie 937 hoch zum Klinikum.

Atemlos erreichte sie Andrés Zimmer und öffnete vorsichtig, doch voller Vorfreude die Tür.

Ausgelaugt und mit ungesundem blassgelblichen Hautkolorit lag ihr Mann in den strahlend weißen Kissen.

„Gleich würde eine freudige Nachricht seinen Gemütszustand nachhaltig verändern", dachte Mira.

„Andrés, mein Liebling, ich bin da", rief Mira ihm mit warmer Stimme entgegen. Sie näherte sich seinem Bette, um ihn behutsam zu umarmen.

Andrés stieß sie brüsk und vehement von sich. „Wer sind Sie? Was wollen Sie von mir? Kennen wir uns?", fragte er, und sah mit kaltem, ausdruckslosem Blick durch sie hindurch.

Mira erschrak heftig, es ließen sich keine Worte in ihr finden, die die Gefühle dieses Moments hätten beschreiben können. Tagelang hatte sie diesen Augenblick voller Sehnsucht erwartet.

„Aber Andrés, ich bin es doch, deine Mira", wagte sie einen weiteren Versuch, ihn zu erreichen.

„Geh weg, ich kenne dich nicht. Ich kenne keine Mira", erwiderte er schroff.

Für Mira war das zu viel. Sie ließ ihre Habseligkeiten achtlos im Krankenzimmer stehen und lief verzweifelt hinaus auf den Korridor. Am Ende des Flurs sah sie den Rücken von Dr. Lorenz, der gerade um die Ecke bog, und sich damit aus ihrem Sichtfeld entfernte. Mira rannte ihm hinterher.

„Herr Dr. Lorenz", rief sie laut, und beschleunigte ihre Schritte noch mehr. Sie sah ihn im letzten Moment noch im Zimmer eines anderen Patienten verschwinden. Ungeachtet aller Höflichkeits- und Diskretionsstandards folgte sie ihm über die Schwelle dieses Zimmers.

„Herr Dr. Lorenz, ich muss Sie dringend sprechen", schluchzte sie.

Irritiert ob der unerwarteten Grenzüberschreitung ihrerseits, antwortete er kurz angebunden, ohne den professionell ruhigen Tonfall seiner Stimme zu verlieren:

„Ich habe hier zu tun, sehen Sie das nicht? Bitte warten Sie draußen."

Wie ein Roboter gehorchte sie seiner Anordnung und zog sich auf den Gang zurück.

Wenige Minuten später hatte der Arzt seine Visite beendet und kam zu ihr. Ohne sie nochmals mit ihrem Fauxpas zu konfrontieren, fragte er vorwurfslos ohne Umschweife:

„Was ist passiert, Frau Moreno? Was ist der Grund Ihrer Erschütterung?"

„Andrés hat vermutlich eine Amnesie. Er erkennt mich nicht – er kennt mich überhaupt nicht mehr, er weiß nicht einmal, wer ich bin", teilte sie ihm schockiert mit.

Der Mediziner hob erstaunt die Brauen, berührte mit einer beruhigenden Bewegung ihren Unterarm und murmelte mehr zu sich selbst als zu ihr: „Das halte ich für unwahrscheinlich." Im gleichen Atemzug sagte er an Mira gerichtet:

„Ich gehe gleich zu ihm, kommen Sie", forderte er sie auf.

Gemeinsam betraten sie Andrés' Zimmer.

„Guten Abend, Herr Moreno. Wie geht es Ihnen?", begrüßte Dr. Lorenz seinen Patienten.

Andrés fixierte mit starrem Blick die weiße Decke über sich und reagierte nicht.

„Herr Moreno?", wiederholte der Arzt.

Andrés starrte ihn kurz ausdruckslos an, dann wandte er seine Augen wieder gen Zimmerdecke, als würde er durch sie hindurch nach etwas suchen, was ihm noch verborgen war.

Dr. Lorenz zuckte mit den Achseln und sagte zu Mira:

„Ich kann Ihnen nicht sagen, was geschehen ist. Heute Morgen hat er noch ganz normal mit mir gesprochen. Wir werden mehrere Tests durchführen müssen. Am besten ist es, wenn Sie jetzt nach Hause gehen und morgen wiederkommen."

Mira schüttelte entsetzt den Kopf.

Dr. Lorenz nickte ihr zu. „Doch, das ist das Beste, glauben Sie mir. Gehen Sie jetzt, und bleiben Sie zuversichtlich. Manchmal muss man Schritt für Schritt und Meter für Meter mit kleinen Teilerfolgen zum Ziel gelangen", erklärte er ihr.

„Als Sportlerin wissen Sie das doch", fügte er hinzu, um ihre emotionale Aufladung auf die rationale Sachebene zu transportieren.

Verzweifelt leistete Mira der ärztlichen Empfehlung Folge und ging nach Hause. Dort fiel ihr jedoch die Decke auf den

Kopf. So unternahm sie noch einen kleinen Spaziergang in den umliegenden Gassen. In die *Galerie am Stephansberg*, die zur späten Stunde noch geöffnet war, wollte sie nicht einkehren, um keinen Fragen ausweichen zu müssen, die sie nicht beantworten wollte.

Am nächsten Tag fuhr sie schon am frühen Morgen mit ihrem Mountainbike zum Klinikum.

Andrés schwieg.

Abermals konsultierte sie Dr. Lorenz, der allerdings nach diesen wenigen Stunden noch keine neuen Resultate für sie hatte.

„Wissen Sie, Frau Moreno, es kommt manchmal vor, dass Patienten sich unbewusst in eine Amnesie flüchten, um sich der Verantwortung für ein traumatisches Ereignis zu entziehen. Ist vor Kurzem etwas vorgefallen, worüber Sie mich informieren sollten, damit wir einen Ansatz für unsere weiteren Vorgehensweisen haben?"

„Nichts, Herr Dr. Lorenz, nein, ich kann Ihnen leider überhaupt keine Information geben", erwiderte Mira hilflos.

Herr Dr. Lorenz runzelte die Stirn und hüllte sich in Schweigen.

Am nächsten Tag begab sich Mira erneut voller Hoffnung zu Andrés.

Dr. Lorenz erwartete sie bereits und bat sie in eines der Nebenzimmer.

„Frau Moreno, es tut mir leid, aber ich habe keine Neuigkeiten für Sie. Der Zustand Ihres Mannes ist unverändert. Und ich kann mir nicht erklären, warum er Sie nicht erkennt. Als er erwachte, hatte er sofort nach Ihnen gefragt. Daraufhin hatte ich Sie umgehend angerufen. Ich hätte Sie natürlich ohnehin angerufen. Dennoch ist es seltsam, dass er auf Sie, als seinen allerersten Besuch, abgesehen vom medizinischen Personal, nicht reagiert. Wir versuchen das zu klären."

In diesem Moment passierte Oberschwester Claudia den kleinen Besprechungsraum. Sie hatte die letzten Wortfetzen vernommen und kam hinzu.

„Entschuldigen Sie, dass ich mich einmische, Herr Doktor, aber Frau Moreno war nicht sein erster Besuch."

„Wie meinen?", fragte Dr. Lorenz überrascht.

„Ungefähr zwei Stunden, bevor Frau Moreno zu ihm kam, war ein junger Mann bei ihm", sagte die medizinische Fachkraft.

„Sind Sie sich sicher, dass der junge Mann bei Herrn Moreno zu Besuch war?", fragte der Arzt nochmals nach.

„Aber ja, er befand sich doch noch im Zimmer, als ich dem Herrn Bürgermeister das Abendessen brachte", erklärte die Schwester.

„Und was geschah dann?", hakte der Mediziner nach.

„Nichts. Der Besucher verabschiedete sich und ging weg."

„Moment mal", rief Mira aufgebracht.

„Wie sah denn der Mann aus?", fragte sie lauernd.

„Mittelgroß, schlank, rotbraunes Haar, dunkle Augen, ungefähr Mitte 20", antwortete die Oberschwester.

Mira fiel es wie Schuppen von den Augen.

„Marvin! Das musste Marvin gewesen sein", dachte sie.

„Das konnte nur Marvin gewesen sein. Was führt er im Schilde?"

Mira sprang wie von einer Tarantel gestochen auf, durchquerte aufgeregt rennend den Korridor, und betrat erneut das Krankenzimmer.

„Andrés! Sag mir jetzt, was los ist. Erkennst du mich wirklich nicht, oder willst du mich vielleicht nicht kennen?"

Andrés schwieg.

„Andrés! Ich weiß, dass Marvin bei dir war. Sag mir jetzt endlich, was los ist."

Andrés blickte sie nun direkt an, so dass Miras Herz einen Satz machte.

„Ich kenne dich nicht mehr. Geh hinfort zu deinem Marvin. Geh. Ich weiß Bescheid. Er hat mir alles erklärt."

„Was hat er dir erklärt?"

„Das ihr ein Verhältnis miteinander habt. Tut mir leid, Mira. Ich habe dich geliebt, aber das kann ich nicht dulden. Es ist aus."

„Andrés! Ich habe doch kein Verhältnis mit Marvin. Marvin lügt und will einen Keil zwischen uns treiben, weil er an mir interessiert ist", schrie Mira unter Tränen.

„Aber ich habe ihm einen Korb gegeben, und das verkraftet er wohl nicht."

„Warum hast du mir nicht davon erzählt?", fragte Andrés misstrauisch.

„Ich wollte dich nicht beunruhigen. Du warst so in deinem beruflichen Hamsterrad involviert. Mit Marvin hatte ich längst jegliche Interaktion abgebrochen!"

„Dein Marvin hat also zwei Gesichter? Ich hatte die ganze Zeit über schon ein unangenehmes Gefühl hinsichtlich seiner Person; dieser Kerl gefiel mir noch nie", schimpfte Andrés angewidert.

„Ja, aber auf das Possessivpronomen vor seinem Namen kannst du gerne verzichten. Er hegt zwar außerdienstliche Gefühle für mich, aber ich hielt ihn bis vor Kurzem für harmlos. Er hatte mir seine Emotionen ungefiltert entgegengeschleudert, wovon ich generell nicht viel halte. So ist es halt, wenn gegensätzliche Interessen im Rahmen einer Kooperation aufeinanderprallen. Erst als eine externe Informantin mir weitere Details über ihn anvertraute, brach ich endgültig alle

Brücken ab, die mich mit ihm verbanden – innerlich wie äußerlich", präzisierte Mira.

Andrés sah sie schweigend an. Mira konnte seinen Gesichtsausdruck nur schwer deuten. Sie ging das Risiko ein und setzte jetzt alles auf eine Karte:

„Andrés, du wirst Vater!" Mira rückte den Stuhl, auf dem sie saß, näher ans Bett heran.

Sein Oberkörper zuckte. Schlagartig versuchte er sich aufzurichten, sank dann aber mit schmerzverzerrter Miene zurück in die Kissen. Zu lange hatte er gelegen. Dann zog er sich langsam am Dreieck des Bettgalgens hoch, bis er senkrecht im Bett saß.

„Und das ist kein Traum?", fragte er Mira.

„Ich weiß nicht, was du bisher hier so alles geträumt hast, mein Schatz, aber diesmal nicht. Wir bekommen Zwillinge!"

Andrés Augen leuchteten. „Zwillinge? Dos niños!"

„Es sind zweieiige. Man weiß noch nicht, ob es Jungs oder Mädchen sind", erklärte Mira.

Andrés nickte.

„Welche Namen schlägst du vor?", fragte er Mira voller Enthusiasmus.

„Amadeo, die spanische Variante von Amadeus Mozart", rief Mira aus.

„Amadeo, wie schön, der Meister meines Requiems, der Kreateur des Requiems, das ihn selbst seinen nahenden Tod erahnen ließ. Es wurde bei meiner Bestattung in der Sagrada Família live präsentiert."

„Wie bitte?", entfuhr es Mira erschrocken.

„Ich habe davon geträumt, Mira. Mein Albtraum schien so real zu sein. So erschreckend real. Und wenn es Mädchen werden?", wechselte er abrupt das Thema, um die düsteren Gedanken aus seinem Kopf zu verbannen. „Wir brauchen schließlich Namen für zwei Mädchen und für zwei Jungen. Wenn du bei unserer Eheschließung deinen Mädchennamen Mendel beibehalten hättest, dann könntest du sogar einem echten Mendelssohn das Leben schenken", foppte sie Andrés.

„Mendels Sohn", fügte er hinzu.

Mira lachte. „Wie findest du den Mädchennamen Lorena? Ich kannte mal eine Stewardess, die diesen Namen trug, sie wurde dann später sogar Pilotin."

„Möchtest du, dass unsere Tochter Pilotin wird, und uns dann persönlich überall hinfliegt?", lachte Andrés.

In diesem Moment betrat Dr. Lorenz das Krankenzimmer.

„Herr Dr. Lorenz, bringen Sie Champagner, ich werde Vater", rief Andrés.

„Herzlichen Glückwünsch", lächelte Dr. Lorenz. Aber ihren Getränkewunsch werden Sie noch ein bisschen aufschieben müssen. Ich bin nicht Ihr Zimmerkellner und wir sind hier in einem Krankenhaus, und nicht im Grandhotel Bellevue au Lac", schmunzelte der Arzt.

Einundzwanzig

„Heute Nachmittag um 14 Uhr wird Sie der Chefarzt der Psychiatrie zu einem Erstgespräch aufsuchen", kündigte Dr. Lorenz knapp an, als er bei Andrés im Zimmer war, um sich ein Bild von dessen aktuellem Befinden zu machen.

Andrés fiel aus allen Wolken.

„Ich soll zu einem Seelenklempner? Aber warum denn und wozu?", rief er aufgebracht.

„Das ist bei Selbstmord so üblich, Herr Moreno, genau genommen ist es sogar Vorschrift", erklärte der Mediziner.

„SELBSTMORD? Dios mios – yo no!" (Um Gottes Willen, ich doch nicht!), widersprach er energisch. „Ich bin froh, dass ich am Leben bin."

Der Arzt stand reglos am Kopfende seines Bettes und sah seinen Patienten prüfend an.

„Du wolltest also gar nicht sterben?", fragte Mira erleichtert, die just in diesem Moment das Zimmer betreten hatte, unter Tränen der Rührung.

„Aber nein, mi amor. Ich wollte doch nicht sterben, ich will mit dir und unseren niños leben. Ich wollte einfach endlich mal durchschlafen. Alle Probleme, alle Menschen mit ihren Problemen begleiten mich Nacht für Nacht ins Schlafzimmer, allen Bedürfnissen muss ich gerecht werden, dieser Stress bereitet mir diese Schlaflosigkeit."

Mira sah ihn an, als würde sie ihn zum ersten Mal sehen.

„Aber warum hast du denn dann so viele Tabletten genommen, noch dazu mit Alkohol?"

„Ich kam nach Hause und hatte bereits einige anstrengende Termine hinter mir. Um zu entspannen und abzuschalten, habe ich mir einen Whiskey aus der Hausbar genehmigt. Dann einen weiteren. Und noch einen. Ich legte mich hin, um mich auszuruhen. Um mich war es still, in mir keineswegs. Dann nahm ich zwei von diesen Pillen, von diesen Tranquilizern, um mich entspannen zu können. Ich war ungeduldig, weil sie nicht sofort wirkten und nahm eine weitere, und dann noch eine, und so weiter. Dann schluckte ich noch diese anderen, ich hatte ja auch noch starke Kopfschmerzen, und die gängigen Schmerztabletten wirkten schon lange nicht mehr. Ich weiß, das war unvorsichtig. Ich dachte, meinem noch jungen, starken, gesunden Körper können so ein bisschen Alkohol und ein paar Tabletten nichts anhaben. Ich dachte, der steckt das locker weg."

Inzwischen hatte der Chefarzt der Psychiatrie, Herr Professor Dr. Sonne, den Raum betreten und Andrés' Erklärung vernommen.

Er stellte sich dem Patienten und Mira vor, und verkündete, dass es auf der einen Seite erfreulich sei, dass sich der vermeintliche Suizidversuch als fahrlässige Überdosierung entpuppe, auf der anderen Seite gäbe ihm zu denken, warum es solch eines verzweifelten Versuches bedürfe, um der chronischen Schlaf- und Rastlosigkeit Herr zu werden.

Im Gespräch stellte sich heraus, dass der eigentliche Grund seiner inneren Unruhe sein schlechtes Gewissen war. In Kürze würden die Neuwahlen anstehen, bei denen er für das Amt des Oberbürgermeisters kandidieren wolle, da Dr. Albin Kraft in den Ruhestand ginge. Da sein eigentlich bester

Freund Lars derzeit in der Stadt als Persona non grata seinem Image nicht zuträglich sein könne, distanziere er sich von diesem.

„Andrés, es ist doch nicht dein Ernst, dass dir deine Karriere wichtiger ist als deine langjährige Freundschaft zu Lars", entsetzte sich Mira.

Andrés reagierte nicht.

„Ich glaube an den Bumerangeffekt unserer Handlungen. Ich glaube, dass jede unserer Taten eine Auswirkung auf das große Ganze bewirkt. Jede gute Tat verbessert ein kleines Stück unserer Welt. Leider ist es auch umgekehrt so", meinte Mira.

„Mira, du bist beruflich völlig frei und niemandem langfristig verpflichtet. Ich bin in einem Gefüge, in dem ich Erwartungen bedienen muss, je nachdem wie der Wind weht."

„Du hängst also dein Fähnchen nach dem Wind?", entgegnete Mira halb wütend, halb enttäuscht. „Ich dachte, ich hätte einen Mann mit Charakter geheiratet, aber da habe ich mich wohl geirrt. Für meine Kinder wollte ich einen Vater, der wie ein Fels in der Brandung allen Widerständen trotzt, keinen Mitläufer, der seiner Karriereplanung unterworfen ist und sich zum Sklaven seiner Gönner und Günstlinge macht."

„Mira bitte, ich ..."

„Nein, Andrés, mir ist das alles zu viel. Ich kann nicht mehr. Tagelang stellte ich mir vor, wie furchtbar es wäre, ohne dich weiterleben zu müssen, falls du nicht durchkommst. Jetzt frage ich mich, ob ich überhaupt noch mit dir weiterleben will."

„Aber Mira, was hat denn meine Beziehung zu Lars mit uns beiden zu tun?"

„Nichts. Aber dein Verhalten sagt mir viel über deine opportunistische Haltung, und damit kann ich nicht leben, tut mir leid."

Sie erhob sich und verließ mit Tränen in den Augen, doch entschlossenen Schrittes, das Krankenzimmer.

Draußen auf dem Korridor begegnete sie Dr. Albin Kraft, der auf dem Weg zu seinem Amtskollegen war. Beherrscht nickte sie ihm freundlich zu. Sie wollte nicht, wie einst im Korridor des Bamberger Rathauses, als sie zuvor mit Andrés einen heftigen Streit wegen der ungerechten Wegnahme ihres Standplatzes auf dem Maxplatz hatte, schon wieder in einem sichtbar emotionalen Ausnahmezustand angetroffen werden.

Als sie außerhalb des Gebäudes vor dem Portal des Haupteingangs angelangt war, wählte sie mit hektischen Handbewegungen Justus' Telefonnummer.

Zweiundzwanzig

Mira saß auf einem großen blutroten Velourskissen auf der Fensterbank in ihrem Zuhause, passend zu ihrer Stimmung regnete es, und der Westwind besudelte rücksichtslos die erst kürzlich frisch geputzten Glasscheiben.

Sie öffnete das Fenster und blickte hinaus, der kalte Luftschwall fühlte sich ungemütlich an, es war nieselig und windig. Inzwischen hatte der Winter Einzug gehalten, und die Natur hatte ihre ganze Farbenpracht verloren. Die ansonsten mannigfaltig bunte Landschaft war unter dem milchig-weißen Himmel optisch zu einer alten Schwarz-Weiß-Fotografie mutiert. Auf den gräulichen Zweigen der kleinen entblätterten Platane im Garten, deren restliches welkes Blattwerk am Boden in der kalten Luft tänzelte, hatten sich Krähen niedergelassen. Die schwarzen Rabenvögel erzeugten vor dem nebligen Himmel eine ziemlich trostlose Stimmung, und ihr Geschrei im schwarzen Geäst der kahlen Bäume trug auch nicht gerade zur Gemütsaufhellung bei.

Sie beschloss, dennoch einen kurzen Spaziergang an der frischen Luft zu unternehmen. Das Immunsystem benötigte schließlich Arbeit statt Abschirmung. Unschlüssig, ob sie bei dem nur leichten Niederschlag ihr rotes Regencape mitnehmen sollte, drehte sie es nachdenklich in ihren Händen, dann packte sie es ein. Es ist immer noch besser, man hat eine Regenjacke bei sich, die man nicht braucht, als dass man eine bräuchte und keine dabei hat. Schließlich war eine kranke Person in der Familie genug, und sie wollte sich trotz allem für den Notfall für Andrés verfügbar halten. Schließlich war sie immer noch seine Frau.

Draußen waren die Passanten in Schwarz und Grau gekleidet, und ihre Gesichter waren, in Ermangelung der intensiveren UV-Strahlung der schönen Jahreszeiten, fahl und blass. Die wenigen vorüberfahrenden Autos waren silbern, schwarz und schmutzig weiß. Nur ab und an blitzte keck die leuchtend rote Mütze eines Kindes kontrastreich aus der grauen Masse hervor.

Nach ihrem Rundgang um den Block beschloss Mira, sich rasch wieder in die Gemütlichkeit ihrer vier Wände zu begeben. Beim Hineingehen fiel ihr Blick auf das Dach des gegenüberliegenden Mehrfamilienhauses. Dort hielt der Dachverband der linken Vögel, derer, die sich linksseitig vom Schornstein niedergelassen hatten, seine Spätherbstversammlung mit dem Vorsitzenden Herrn Rabe ab, der gemütlich auf dem Schornstein saß.

Sie bereitete sich einen frischen, wärmenden Zitronengras-Ingwertee zu, zündete das ockergelbe Bienenwachsteelicht in dem kobaltblauen Glasbehältnis an, und setzte sich wieder ans Fenster.

„Mal sehen, was es auf den Social Media Plattformen Neues gibt", dachte sie, und loggte sich in Facebook ein. Was sie dann dort zu sehen bekam, ließ ihren Atem für einen Moment stillstehen und trieb gleichermaßen ihren Ruhepuls gefühlt auf 180. In ihrer Timeline zirkulierten mehrere Fotos, die Marvin und sie in eindeutiger Position zeigten. Diese waren beschriftet mit *Mira und Marvin – das neue Bamberger Traumpaar?* und mit einem Herzchen-Symbol versehen. Sie sah sich selbst

145

mit Marvin auf einer Picknickdecke am Hainweiher im Botanischen Garten auf der Wiese liegen, schmusend, küssend. Bilder, die niemals entstanden waren, da diese Situationen in der Realität gar nicht stattgefunden hatten. Diese irrealen Bilder waren von Marvins Künstlerprofil öffentlich als bezahlte Anzeige eingestellt worden. Er machte also gar keinen Hehl aus seiner miesen Aktion.

Während sie weiterscrollte, sah sie Bilder von Lars, schlecht gewählte Bilder, die ihn in geradezu entwürdigenden Haltungen darstellten, und ihm dadurch ein abgehalftertes „Loser-Image" verliehen. Es handelte sich um KI-generierte, betrügerisch gefakte Bilder, mittels einer App per Schlagworteingabebefehl fleißig in Facebook verstreut, eine Produktion vom Feinsten.

Es war entsetzlich. Einem großen Publikum wurde eine vermeintliche Realität widergespiegelt, die absolut nicht existierte.

Das war zu viel. Mira griff mit zitternden Händen nach ihrem Smartphone und wählte Marvins Kontakt an. Eigentlich hatte sie keine Interaktion mehr mit ihm gewollt, sogar nach seinem Krankenhausauftritt hatte sie ihm und allen anderen gegenüber geschwiegen. Aber diese Aktion hier verlangte dringenden Klärungsbedarf.

„Sag mal, was erlaubst du dir?", brüllte Mira, als Marvin das Gespräch entgegennahm.

Auch Marvin kam sofort und ohne Umschweife zur Sache.

„Ach, weißt du Mira, gegen dich habe ich ja nicht einmal etwas, wenn mich auch deine Ablehnung schon sehr getroffen hat. Aber den Männern in deinem Umfeld, all diesen Karrierelüstlingen und Schreibtischwichsern musste ich einfach mal einen Denkzettel verpassen."

„Deinen primitiven Gossen-Jargon kannst du dir sparen. Ihr Geld war dir auch nicht zu schmutzig. Ich habe aus sicherer Quelle Informationen, dass du dich für deine miesen Machenschaften bezahlen lässt."

„Von irgendetwas muss man ja leben."

„Deine Charakterlosigkeit ist entsetzlich und absolut verwerflich. Ich war selbst in Situationen größter finanzieller Engpässe noch niemals mit einer Brieftasche befreundet, sondern mit lebenden Menschen. Und zwar mit ehrbaren Menschen. Wie konnte ich mich nur so sehr in dir täuschen? Sieh dich an, was aus dir geworden ist."

„Auch nicht weniger als aus dir, wenn du dich nicht so vorteilhaft verheiratet hättest", schnaubte Marvin verächtlich.

„Ich will dir mal etwas sagen: Im Gegensatz zu dir ist aus mir etwas geworden – nämlich ich selbst. Ich bin ich selbst geworden, und ich stehe mit gutem Gewissen hinter all meinen Handlungen und kann im Gegensatz zu dir in den Spiegel blicken. Du löschst jetzt sofort diese Bilder oder ich gehe zur Polizei!"

„Der Frankenkurier ist bestimmt daran interessiert", provozierte der Musiker seine ehemalige Kollegin.

Mira legte wütend auf und wählte den Telefonkontakt von Justus an.

Eigentlich hätte sie einen Anwalt aufsuchen sollen, doch sie hatte den Kleriker die ganze Zeit über auf dem Laufenden gehalten und brauchte ihn jetzt dringender denn je. In erster Linie bevorzugte sie freundschaftlichen statt juristischen Rat.

Nachdem er ihr geduldig zugehört hatte, schlug er ihr spontan vor:

„Mira, ich fahre nächste Woche nach Südtirol zum Skifahren. Komm doch mit. Bei Überlastung ist temporäre Entlastung viel besser als jede pharmazeutische Medizin. Frische

Bergluft wird dir guttun, wenn auch die Tage im Dezember ein wenig kürzer und sonnenärmer sind als im Frühling. So gewinnst du ein bisschen Abstand, und du hast dann mal eine Abwechslung zum Meer, deinem gewohnten Fluchtort. Zudem ist der Berg ein theologischer Topos."

„Das Meer auch", entgegnete Mira lakonisch. „Aber ja, ich komme gerne mit."

Dreiundzwanzig

Justus fuhr mit Mira in seinem bereits in die Jahre gekommenen dunkelblauen Audi A6 die stets stark frequentierte A22 Autostrada del Brennero. Mira war voller Vorfreude, als sie die italienische Grenze erreichten. In allen Himmelrichtungen erstreckten sich schneebedeckte Almen und wie mit Puderzucker bestäubte Wälder, in deren Hintergrund sich hohe Berge erhoben.

Darüber hinaus schien auf der Südseite Tirols die Sonne.

„Ich hatte fast schon vergessen, wie schön doch der Alpenraum ist", strahlte Mira begeistert.

„Ein irdisches Stück Paradies himmlischer Schöpfung", bestätigte der Theologe lächelnd.

Bei Brixen verließen sie die Autobahn und fuhren über die Staatsstraße Richtung Innichen über Bruneck durch das Pustertal nach Sexten.

In der etwas außerhalb gelegenen Anlage des *Caravan Park Patzenfeld*, idyllisch mitten im Nadelwald, von den Dolomiten umgeben, bezogen sie ein Appartement mit separaten Räumlichkeiten. Mira fühlte sich dort sofort wohl. Nachdem sie ihre Habseligkeiten ausgepackt und verstaut hatten, begaben sie sich in das Restaurant zum Abendessen.

„Nehmen wir zusammen eine Flasche Rotwein?", schlug Justus vor.

Mira zögerte. „Lieber nicht in meinem Zustand", antwortete sie. „Ein kleines Glas genügt mir."

„In welchem Zustand?", fragte Justus erstaunt, „du bist doch nicht etwa krank?" Prüfend, geradezu durchdringend, sah er sie an.

„Ach so, ich habe dir ja im Eifer des Gefechts überhaupt noch nicht davon erzählt. Ich bin schwanger."

Justus fiel vor Überraschung die kleine silberne Vorspeisengabel aus der Hand. „Und da willst du Skifahren gehen? Das lasse ich nicht zu, das ist viel zu gefährlich."

„Hannes, jetzt beruhige dich bitte und versuche nicht, mich zu bevormunden, das mag ich nicht. Sollte ich vielleicht wie eine 90-jährige Großmutter rings um den Caravan Park herumspazieren?

Da könnte ich auch ausgleiten, mir ein Bein brechen und in Folge des Sturzes eine Fehlgeburt erleiden. Der Arzt sagte, ich solle viel Rad fahren.

Gestern erst, als ich mit dem Mountainbike den Domgrund hinauffuhr, kamen mir zwei Schüler entgegen, die in ihr Handyspiel statt auf die Straße sahen. Das ist die moderne Hansguck-in-die-Luft Generation. ‚Ich habe noch 440 Leben', teilte einer der Jungs gerade voller Enthusiasmus seinem Freund als Statusmeldung seines Spielelevels mit, und lief mir dabei direkt in die Speichen, wodurch wir fast beide zu Fall kamen. Meine geistesgegenwärtige ausweichende Vollbremsung hatte Schlimmeres verhindert. ‚Wenn du nicht besser aufpasst, dann hast du bald gar keines mehr', warnte ich ihn.

Ich möchte damit sagen, dass überall etwas geschehen kann, wenn du nicht vorsichtig bist, oder eben auch die Menschen in deinem Umfeld. Ich kann mich nicht für das noch verbleibende halbe Jahr in einen Glaskasten setzen. Zuhause auf der Treppe könnte ich auch hinfallen.

Also lass uns bitte diese kurze Zeit hier genießen und best-möglich nutzen, wir müssen ja nicht mit Vollgas die schwarz-markierten, vereisten Buckelpisten hinunterrasen. Die frische Luft und die Bewegung werden mir und den Kindern gut-tun."

„Kinder?", fragte Justus.

„Ja, ich erwarte Zwillinge."

„Das ist ja großartig, herzlichen Glückwunsch."

„Ich würde mich freuen, wenn du unsere Babys taufen wür-dest, sobald sie das Licht der Welt erblickt haben, Hannes."

„Sehr gerne, Mira. Aber ich hatte davon nichts gewusst. Unter diesen für mich neuen Umständen solltet ihr euch wie-der versöhnen."

„Ich möchte meine Entscheidung aber nicht von meiner Schwangerschaft abhängig machen, Hannes", protestierte Mira. „Und ich möchte jetzt auch nicht darüber diskutieren und mich unnötig in dieser schönen Gegend hier damit be-lasten", stoppte sie ihn.

Justus drängte vorerst nicht weiter, beschloss jedoch insge-heim, das Thema bald wieder aufzugreifen.

Mira begab sich in ihr Zimmer und grübelte in der Stille dann doch über ihre Ehe mit Andrés nach. Eigentlich gab es für sie grundsätzlich nur einen Grund, eine Beziehung zu beenden: Nämlich, wenn sich beide Partner in Wirklichkeit eine ganz andere Person an ihrer Seite wünschten, oder sich ihren Partner mit Eigenschaften ausgestattet vorstellten, die der andere gar nicht würde bieten können. Dies war jedoch nicht der Fall.

Für ihr Problem gab es eigentlich eine Lösung. Sie öffne-te die Terrassentür und atmete die eiskalte Bergluft tief ein. Dann griff sie nach ihrem kleinen Notizbuch und schrieb sich ihre Tristesse von der Seele:

Sehnsucht

Unausgesprochene Worte
Niemals gezeigte Gefühle
Nicht verbalisierte Gedanken
Emotionen ohne Destination

Tränen im Herzen
Unsichtbar, niemals geweint
Maskerade strahlendes Lächeln
Mauer – im Grenzbereich innerer Einsamkeit

Träume in meinen Gedanken
so oft erhofft doch niemals gelebt
bizarre Wünsche und Phantasien
keine Erfüllung in der Realität

Ich lese deine Worte –
doch Worte sind oft sachlich,
kalt und ohne Gefühl.

Verzweifelt suche ich
zwischen den Buchstaben
den Blick deiner Augen,
die sich in den meinen spiegelten
und ich suche
nach dem warmen, sinnlichen Klang
deiner weichen Stimme,
die ich noch immer im Ohr habe.

Die Sehnsucht bringt mich um
Sehnsucht

nach diesen Augen-Blicken
der Melodie deiner Stimme –
wahnsinnlich vor Sehsucht

Wertvolle Momente,
die mein Herz berührten
und die Zeit zum Stillstand brachten –
und die für immer in mir bleiben …

So lebe ich weiter
in der Einbahnstraße meiner Emotionen
im Labyrinth all meiner Fragen –
und ich sende
all die Fragmente
meiner Erinnerungen und Gefühle
ins Universum,
da sie nicht wissen,
wohin sie gehen sollen …
… ohne DICH …

Nach einem langen erholsamen Schlaf und einem ausgiebigen Frühstück mieteten sich die Freunde Carving-Skier und holten sich eine Halbtageskarte für das schöne, großräumige Skigebiet. Das Wetter spielte ebenfalls mit, und die Schneeverhältnisse waren bombastisch. Mit der Seilbahn fuhren sie auf die Rotwand / Coda rossa hinauf und legten ihre erste Rast auf der sonnigen Terrasse der *Rotwandwiesenhütte* ein. Unweit von dort, ein wenig unterhalb, führte ein Schlepplift auf die nächste Anhöhe. Dort ließ ein traumhafter Panoramablick auf die gegenüberliegenden schneebedeckten Gipfel Miras Herz höherschlagen. Dieses Gefühl von grenzenloser Freiheit war ihr dadurch so greifbar gegenwärtig.

Mira und Justus verbrachten einen wunderschönen Tag auf verschiedenen Pisten, sie fuhren auf dem Verbindungsziehweg hinüber zum Kreuzbergpass und im Pulverschnee auf engen Waldwegen bis hinunter ins Tal; anschließend über die Signaue-Abfahrt zur Hütte *Hennstoll/Pollaio*, mit seiner großen Außenterrasse, wo der Mittelpunkt im Inneren ein dicker Baum war, um den der Gastraum ringsum errichtet worden war.

Als sich der Tag neigte, begab sich Mira vor dem Abendessen im Alleingang in das aus schwarzem Vulkangestein erbaute Schwimmbad des Hauses, durch dessen ringsum installierte Glaswand die Berge im Abendrot leuchteten. Die Berge – die Atmosphäre dieser Berge – ewig wie das Meer. Abschließend verwöhnte sie ihre verspannten Muskeln bei zwei Saunagängen, gekrönt von einer Lomi lomi nui-Massage, wo sie sich mit Instrumentalmusik und Zitronengrasaromen verwöhnen ließ.

Entspannt trafen sich die Freunde zum Abendessen wieder.

Justus lächelte: „Na, wie geht es euch Dreien?"

„Wenn es mir gut geht, dann geht es auch meinen Kindern gut. Noch sind wir ein geschlossenes, homogenes Kreislaufsystem", lachte Mira.

„Und wie geht es dir? Muss ich dich das überhaupt fragen? Du bist immer so ausgeglichen. Wie schaffst du das nur?", fragte Mira ihren Freund.

„Ich schöpfe aus mir selbst, aus meinem tiefsten Inneren. In mir sprudelt eine unerschöpfliche Quelle, angebunden an die große, unversiegbare, alles speisende Quelle allen Ursprungs. Sie spendet mir Kraft. In mir ist der Herrschaftsbereich Gottes, weil ER in mir regiert und all mein Handeln beeinflusst.

Jegliches scheinbar noch so bedeutungslose Agieren beeinflusst das große Ganze, mit jeder deiner Handlungen wird ein Stück dieser Welt optimiert und dadurch verbessert und verschönert.

Darüber hinaus versuche ich, mich nicht zu verzetteln und die besonders wichtigen Verpflichtungen auf meiner To-do-Liste sinnvoll gegenüber den weniger bedeutsamen zu priorisieren. Aber jetzt haben wir erstmal ein bisschen Zeit zum Auftanken. Was ich dich allerdings schon seit längerer Zeit fragen wollte: Was ist eigentlich mit diesem Marvin?", fragte Justus interessiert.

„Das hat mich Andrés auch schon gefragt – allerdings in einem anderen Tonfall", lachte Mira bitter.

Dann berichtete sie dem Priester von all seinen düsteren Machenschaften, und dass sie immer noch unschlüssig sei, ob sie ihn bei Polizeihauptkommissar Müller anzeigen solle oder ob es besser sei, die Sache einfach zu ignorieren.

„Weißt du, Mira, wenn die Wurzel faul ist, dann kann ein Baum nicht richtig wachsen, weil er sich nicht gut entwickeln kann. Ich möchte damit sagen, dass Marvin wohl unter einer verkorksten Kindheit leidet, die ihn lebenslänglich prägen wird."

„Entschuldige Hannes, aber mit diesem Thema war ich neulich erst konfrontiert, als wir in Frankfurt von Obdachlosen umzingelt waren. Ich verstehe, dass nicht alle die gleichen Startvoraussetzungen haben. Aber selbst, wenn jemand weniger ansehnlich ist, mit schlechter Gesundheit gesegnet sein Dasein fristen muss, weniger intelligent ist, und finanziell minder bemittelt in einem sozialen Brennpunkt aufwächst, wo er keine besondere Schulbildung erhält, so kann er dennoch aus seiner Opferrolle heraussteigen, indem er sich einer Sache widmet, die ihm im Leben Freude bereitet, damit er das tun kann, wofür er prädestiniert ist, und die Vergangenheit dann ab einem gewissen Zeitpunkt hinter sich lassen kann."

„Mira, ich verstehe deine Argumentation sehr gut, denn genau so habe ich es ja selbst gemacht, nachdem ich Anyah und Sara für immer verloren hatte. Dennoch war meine Basis eine andere. Diese Menschen sind traumatisiert, da sogar der Ausgangspunkt in undurchdringlicher Dunkelheit liegt. Sie haben keinen Halt. Daher können sie nicht in die Lösungsorientierung gelangen, da sie um sich selbst und ihr Problem kreisen.

Sie können ihre Emotionen nicht auf die Sachebene transportieren, wo sie sie betrachten könnten, um sich von ihnen bewusst zu lösen, sondern sie schleudern sie ihren Mitmenschen erbarmungslos entgegen. Sie möchten dir positiv mit einem Strauß voller Rosen begegnen, doch deren Blüten bleiben unerreichbar im Verborgenen, und so zeigen sie dir nur die dornigen Stiele.

Wenn sie sie dir überreichen, verletzen sie dich. Du bist ein Mensch mit Tiefe, bei dem Begegnung und Beziehung stets im Vordergrund stehen. Doch manchmal ist tatsächlich zu viel Tiefgang schadhaft, da im Verborgenen Wunden sind, die nicht vernarben können, wenn sie immer wieder aufgewühlt und aufgekratzt werden.

Du darfst also auch mal ein bisschen oberflächlich sein, wenn es in der jeweiligen Situation hilfreich ist. Dieser Marvin ist wohl ein armer Mensch. In jeder Hinsicht. Ich halte mich in solchen Fällen getrost an den verstorbenen österreichischen Schriftsteller des vergangenen Jahrhunderts, Karl Heinrich Waggerl: *Wer seinen Nächsten verurteilt kann irren. Wer ihm verzeiht, irrt nie.*

Diesen Leitsatz kannst auch du dir zu Herzen nehmen, wenn es um deinen Andrés geht. Und wenn du mehr gewichtige Gründe zum Bleiben als zum Gehen in dir findest, dann bleibe bei ihm.“

„Es gibt in der Tat mehr Gründe. Der wichtigste ist nicht das entstehende Leben in mir, sondern die Tatsache, dass ich ihn trotz allem liebe."

„Worauf wartest du also noch? Pack deine Sachen und geh zu ihm. Verliert keine kostbare gemeinsame Lebenszeit."

Vierundzwanzig

Mira liebte den Frühling, wenn die Natur wieder zum Leben erwachte und sich in ihrer mannigfaltigsten Farbenpracht präsentierte. Nur im Wonnemonat Mai konnte man die immense Palette unterschiedlichster Grüntöne sehen, und die gelb blühenden Rapsfelder boten sogar bei strömendem Regen einen warmen sonnigen Kontrast zum grauen Himmel.

Sie saß an ihrem Lieblingsplatz in ihrem Gärtchen, auf der himmelblauen Bank im Halbschatten der kleinen Platane, hatte ihren Kopf mit einem roten Strohhut bedeckt, ihre Beine auf einen Hocker hochgelegt, und genoss die bereits laue Luft.

Die Sonnenstrahlen, die sich ihren Weg durch das leicht vom Wind bewegte Blattwerk bahnten, riefen beim Betrachter dieser Szenerie die Illusion eines impressionistischen Gemäldes hervor.

Obwohl die Poetin erst am Anfang des siebten Monats war, war sie aufgrund der Zwillingsschwangerschaft schon ziemlich voluminös, ihre Fußknöchel waren schwer und leicht angeschwollen. Andrés war nach seiner Entlassung aus dem Klinikum trotz aller guten Vorsätze in sein gewohntes politisches Hamsterrad zurückgekehrt, zumal er zwischenzeitlich seine Absicht, für die nächste Oberbürgermeisterwahl zu kandidieren, publik gemacht hatte.

Gegenüber Mira hatte er jedoch seine alten Verhaltensmuster abgelegt, da er nicht wollte, dass sie nochmals Trennungsabsichten äußern oder gar umsetzen würde. Zu groß war ihm das Risiko, dass sich seine eigene Biographie zum Teil wiederholen könnte. Sein ihm nicht bekannter Vater hatte nämlich seine während seiner Geburt verstorbene leibliche Mutter vor der Niederkunft verlassen. Seine Adoptiveltern waren zwar wunderbare Menschen, doch wollte er das Glück seiner kleinen Familie nicht leichtfertig aufs Spiel setzen und seine geliebte Frau fahrlässig in den Status der Alleinerziehenden hineinkatapultieren.

Mira beobachtete lächelnd ein Feuerwanzenpärchen, das seine Frühlingsgefühle dadurch zeigte, dass es wie zwei gekoppelte Bahneinheiten aneinander andockte, und seinen gemeinsamen Weg nun mit vereinten Kräften fortsetzte.

Da ihr die Belletristik-Lektüre ausgegangen war, und sie keine Lust hatte, Geburtsratgeber oder ähnlich langweilige literarische Kost zu rezipieren, sondern stilvolle, spannende Unterhaltung präferierte, beschloss sie, in die Innenstadt zur Buchhandlung Osiander zu spazieren. Dort wollte sie sich mit ein paar Neuerscheinungen eindecken. Bei dieser Gelegenheit wollte sie sich auch ein neues Kleid besorgen, da ihre gesamte Oberbekleidung hinsichtlich der Darstellung ihrer Körperformen ihres Erachtens zu ehrlich geworden war.

Als sie das Haus verlassen hatte, begeisterte sie sich für die Vegetation, die unterwegs ihren Weg säumte: Obstbäume in satter Blütenpracht, die ihr Brautkleid angelegt zu haben schienen; weißer, lila und violetter Flieder, wozu der Goldregen einen wunderschönen farblichen Komplementärkontrast bildete. Dazu gesellten sich die gelben Osterglocken und bunten Tulpen in den Vorgärten und die bereits verblühenden prallen Magnolienblüten an den Bäumen.

Als ihr Blick zum Burgberg hinauffiel, wo ihr Freund Sándor Dorian residierte, bewunderte sie die Vielfalt der Grüntöne, die sich am Berghang zeigte, und die dem angrenzenden Waldgebiet ein sehr plastisches Aussehen verlieh. Insbesondere das helle, junge, zarte Grün, das es nur in dieser Jahreszeit gab, liebte sie ganz besonders.

Im Stadtzentrum am Grünen Markt kaufte sie rasch zwei neue Paperback-Romane und am Maxplatz ein neues tiefrotes Kleid, gemäß ihren Umständen ein paar Nummern größer als gewohnt. Dann stieg sie am ZOB in den Stadtbus Nr. 901, der sie ins Berggebiet zurückbringen sollte. Da alle Sitzplätze belegt waren, und sie beim besten Willen nicht mehr stehen konnte, erinnerte sie sich an die asiatische Weisheit: *Wenn du jemanden siehst, der kein Lächeln hat, schenke ihm deines.*

Freundlich wandte sie sich daher an den unter den vielen Senioren einzigen jungen Mann, der mit gesenktem Haupt, welches er mit einer tief ins Gesicht gezogenen Schirmmütze verdeckt hatte, vor ihr saß, mit den humorvollen Worten: „Darf ich Ihnen meinen Stehplatz anbieten?"

Der Mann blickte auf und sah sie nun direkt an. Sein Blick war provokant. Es war Marvin. Mira erschauderte. Sie hatte mit ihm eigentlich keine Begegnung mehr erleben wollen. Von einer Anzeige hatten sie und Andrés Abstand genommen, da es ein Stück weit auch ihren inneren Frieden gekostet hätte. Dieser Preis war ihnen zu hoch gewesen.

Da sie dieses Kapitel ihres Lebens rasch beenden wollte, stieg sie vorzeitig an der nächsten Haltestelle aus, nicht fluchtartig, sondern stolz und würdevoll, hoch erhobenen Hauptes, und legte den Rest ihres Weges zu Fuß zurück.

Zuhause angekommen, begab sie sich wieder in ihren Garten und dachte: „Ich liebe, was ich tue, weil ich tue, was ich liebe. Dieses pralle Leben und diese Ruhe hier sind so inspirierend. Kreativität gedeiht nicht in edlen Palästen und goldenen Käfigen, sondern mitten im Leben."

Und so nahm sie ihre Edelfeder, ihr Werkzeug, ihre Waffe, ihr Macht- und Huldigungsinstrument, und schrieb eine Hommage an ihre Heimatstadt:

Ein warmer Frühlingsabend in Bamberg

Gerade noch herrschte im Freibad
ein reges Gewimmel
jetzt erhebt sich der Vollmond
groß und machtvoll
am Abendhimmel
und hinterlässt sein gleißendes, silbernes Licht
am Firmament.
Die mystisch anmutende
steinalte Linde
auf dem Rothof
und die Altenburg hoch oben auf dem Berg
werden erleuchtet.
Die laue Luft
riecht nach Gräsern
und feuchter Erde.

Ruhig rasten die kleinen Boote
an der Buger Spitze
der Stadtinsel.
Die Regnitz
spiegelt die Pappeln
die das Ufer umsäumen.
Der Hain ist in diffuses Licht getaucht.
Lauschig raschelt das Blattwerk

im Bruderwald.

Die Schimmelsgasse
am Fuße des Stephansbergs
verheißt italienisches Flair
weiter oben am Berg
geht es gesellig-heiter
und lustig her –
auf dem Wilde-Rose-Keller
prosten sich Freunde
mit einem Maibock zu
einige schwingen gekonnt das Tanzbein
zu lebhafter Jazzmusik.
Spaziergänger schlendern
den Milchweg hinab und hinauf,
die Bank im Alten Graben
erwartet ihre späten Besucher
mit romantischer Vorfreude.

Stolz thront das Alte Rathaus
im Flussbett.
Gondeln schaukeln pittoresk und leise
neben Klein Venedig.
Sinnlich-majestätisch
präsentiert sich
der Centurione.
Kunigunde lächelt verschmitzt und weise.
In der Sandstraße flaniert
die feierfreudige Jugend.
In der Austraße
flirtet ein verliebtes Paar
verträumt im Straßencafé Müller.

Am Heumarkt
räkelt sich kokett und genüsslich
Boteros kurvenreiche Liegende.

Der Bamberger Reiter im Dom
steht souverän und würdevoll
auf seinem Sockel
erhaben über dem Geheimnis
das er in sich birgt.
Der Rosengarten duftet verlockend.

Wie ein Phallussymbol
ragt die Turmspitze der Ottokirche empor.
Am Michaelsberg tummeln sich noch Touristen
im Schein der letzten Sonnenstrahlen.
Auf der Prälatenbank
bei der Altenburger Straße
zählen zwei Freundinnen die Kirchtürme
hoch über den Lichtern der Stadt.

Im Bambados planschen Wasserratten
und relaxen Saunagäste
auf ihren Badematten
während in der Brose-Arena Bamberg Baskets gewinnt
in der Konzerthalle
Bachs Toccata in D-Moll
auf der Orgel erklingt
und in der Theatergarderobe
der Protagonist
seinen Text leise spricht –
den Goblmoo am Grünem Markt
kümmert das alles nicht!

Fünfundzwanzig

Im Garten der Brauereigaststätte *Greifenklau* am Kaulberg hatten Mira und Andrés einen Platz direkt am schmiedeeisernen Zaun mit wundervoller Aussicht auf die Altenburg gefunden. Sie bestellten zwei bernsteinfarbene Lagerbier vom Fass und zwei Portionen Currywurst mit Pommes frites.

Mira befand sich kurz vor der Niederkunft und wollte sich daher nicht mehr so weit vom Klinikum entfernen.

„Du bekommst dann die Hälfte meines Bieres", beruhigte sie Andrés, als sie dessen missbilligenden Blick bemerkte, der unverhohlen vom Inhalt ihres Glases über die große Portion deftiger Kost zu ihrem überdimensionalen Neunmonatsbauch wanderte. Es war ein Wunder, dass die Zwillinge im Zuge eines pränatalen klaustrophobischen Anfalls nicht schon früher nach draußen drängten.

„Man muss sich auch einmal etwas Leckeres, Ungesundes gönnen, sonst machen die beiden noch einen Bioladen auf", lachte Mira. „Zudem macht die Dosis das Gift, wie gerade du eigentlich am besten wissen solltest", sagte sie und legte schützend die Hände auf ihren Bauch. Diese Anmerkung wollte sie ihm nicht ersparen, da sie immer noch die Nachwehen dieses unliebsamen Ereignisses verarbeitete.

„Was wäre denn an einem Bioladen so schlimm?", lachte Andrés.

„Nichts, aber ich gebe die Hoffnung nicht auf, dass unsere Kinder unsere Ambitionen geerbt haben, also setze ich auf gute Literaten und hervorragende Tangotänzer, die dann nebenbei natürlich auch politisch engagiert sind, und dann hier in Bamberg ein Literaturhaus und ein Ballhaus eröffnen."

Andrés starrte Mira sprachlos mit großen Augen an.

„Wir sind schließlich ewig nicht mehr miteinander ganz ungezwungen kurz ausgegangen", fügte sie etwas vorwurfsvoll hinzu.

„Du hast dich ja zuhause verbarrikadiert", rechtfertigte sich Andrés.

„Ja, ich weiß, du hast ja recht. Aber ich war die ganze Zeit über so müde und fühlte mich immer so erschöpft. So sehr, dass eine Big Band in unserem Schlafzimmer hätte auftreten können, und ich dennoch nicht davon wach werden würde. Ich kann mich ja kaum noch bewegen, darüber hinaus habe ich auch nichts Attraktives mehr zum Anziehen, und sogar unter diesen Bäumen ist es mir zu heiß", stöhnte Mira.

„Du solltest jetzt mal in Málaga sein, dagegen ist es hier wirklich noch auszuhalten. Zudem bist du doch auch ohne Designerlabels unübersehbar", widersprach ihr Andrés.

„Wegen meiner aktuellen Leibesfülle?", scherzte Mira.

„Nein, ich finde, dass deine Persönlichkeit, deine eigene Marke, auch oder gerade ohne renommierte Markenzeichen sogar noch sichtbarer ist, weil dann nichts den Blick auf dich versperrt. Dein Lächeln ist dein schönstes Make-up. Es genügt, wenn du präsent bist, in all deiner Authentizität."

„Das ist aber noch lange kein Grund, mich in Sack und Asche zu hüllen", konterte Mira. „Meinen Selbstwert schöpfe ich nämlich aus meinen Beziehungen und Projekten, und gerade eben nicht aus Markenfetischismus und Machtspielchen, wie ihr Männer. Und weil wir gerade bei diesem Thema sind: Hast du eigentlich inzwischen mit Lars gesprochen?", wollte Mira wissen.

„Noch nicht, aber ich habe es in diesen Tagen vor, und ich bleibe dabei auf der Sachebene. Ich habe nämlich beschlossen, niemandem mehr die Kontrolle, geschweige denn Macht, über meine Emotionen zu geben. Das lasse ich nicht mehr zu."

Mira lachte schallend. „In welchem Lebensratgeber hast du das denn gelesen? Deine spanische Hitzköpfigkeit und rationale Sachlichkeit sind doch überhaupt nicht miteinander zu vereinbaren."

Andrés warf ihr einen feurigen Blick aus seinen dunkelgrünen Augen zu, der Miras Aussage zu bestätigen schien.

„Ich finde, ihr solltet mal ein klärendes Gespräch auf Augenhöhe miteinander führen. Bei jeder Begegnung verfallt ihr in übertriebene wechselseitige Mischreaktionen aus Demut und Arroganz", warf Mira ihm vor.

„Und du bist die über uns allen stehende Mediatorin, die uns anklagend den Spiegel vorhält?", ironisierte Andrés.

„Sag mal, auf wessen und welcher Seite stehst du eigentlich, dass du mich damit so bedrängst?", fragte Andrés erbost.

„Ich stehe auf gar keiner Seite, Andrés, ich bin ein Beziehungsmensch und will einfach nur Freiheit, Liebe und Frieden. Ich will den positiven konstruktiven Dialog, damit sich gewisses negatives Gedankengut nicht im Untergrund weiterentwickelt und somit die Kontrolle darüber aus dem Ruder läuft. Ich positioniere mich daher nicht."

Als der freundliche Kellner vorübereilte, bestellte Mira rasch ein Mineralwasser und schob den Rest ihres Bieres zu Andrés. Plötzlich griff sie mit schmerzverzerrtem Gesicht an ihren Bauch. „Andrés, die Wehen beginnen. Schnell, wir müssen ins Klinikum."

Sechsundzwanzig

Pünktlich zum Sommeranfang, am Donnerstag, den 20. Juni 2024 exakt um 20.06 Uhr – fast neun Monate nach Miras 29. Geburtstag, erblickte im Bamberger Klinikum das erste Baby eines prachtvollen Zwillingspärchens das Licht der Welt: ein Junge.

Erst vier Stunden später entschied sich seine Schwester, den Mutterleib zu verlassen, wodurch sich ihr Geburtsdatum auf den 21. Juni verlagerte.

Amadeo und Lorena Moreno. Amadeo hatte samtbraune Augen, milchkaffeefarbige Haut und dunkelbraunes Haar, seine Schwester strahlend grüne Augen, hellere Haut und nahezu schwarz gelocktes Haupthaar. Andrés konnte sein Glück nicht in Worte fassen, immer wieder kamen ihm die Tränen der Rührung, als er seine beiden bildschönen niños in den Armen hielt. Die während der Geburt recht resolute rumänische Hebamme Magdalena kreiste nach vollbrachter Tat nun geduldig im Kreißsaal umher und fotografierte.

„Neun volle Monate bei Zwillingen, und dazu noch eine natürliche Geburt und zwei unterschiedliche Geburtstage, das erleben wir hier nur ganz selten", konstatierte die Geburtshelferin. „Und dann sind sie sogar gerade noch unter dem Sternzeichen der Zwillinge geboren, wie passend", rief sie temperamentvoll aus.

Sie gab dem hyperenthusiastischen Andrés, der während der Presswehen fast einen Nervenzusammenbruch erlitten hatte, das Smartphone zurück und teilte ihm mit, dass Mira jetzt dringend ausruhen müsse. Sie sah blass und erschöpft, aber sehr glücklich aus.

Bevor sie auf der Station in der 13. Etage in einen tiefen, regenerierenden Schlaf sank, hatte sie noch ihrer Mutter eine WhatsApp-Nachricht mit einem Foto der Neugeborenen nach Zypern geschickt: *Herzlichen Glückwünsch, ihr seid zweifache Großeltern! Amadeo 20. Juni und Lorena 21. Juni.*
Zu ihrer großen Überraschung erfolgte trotz der späten nächtlichen Stunde prompt die sofortige Rückmeldung:
Wir freuen uns riesig!!! Liebe Grüße aus Pula, Mama und Papa.
Was macht ihr in Kroatien? LG Mira
Urlaub von unserem Dauerurlaub! *lach*.

Als Mira am Morgen erwachte, standen ihre Eltern vor ihrem Bett. Sie waren noch in der Nacht über Triest, Udine und den italienisch-österreichischen Grenzübergang Tarvisio nach Bamberg gekommen, um ihre Enkel kennenzulernen.
Wenig später gesellten sich Herr Dr. Stefan Lorenz und Oberschwester Claudia hinzu, um der frisch gebackenen Mutter ihre Glückwünsche zu überbringen.
„Schön, dass Sie heute aufgrund eines freudigen Anlasses bei uns sind", schmunzelte der Arzt.

An diesem Tag mutierte Miras Krankenzimmer zur lebhaften Party-Location. Im Fünf-Minuten-Rhythmus wechselten sich die Besucher ab, die alle die Babys sehen wollten.
Als dann auch noch die rasende Reporterin Regina ihre Aufwartung machte, blockte Mira ab:

„Danke für die Glückwünsche, aber es reicht jetzt. Keine Presse. Keine Bildveröffentlichung. Schließlich haben wir hierzulande keine Erbkaiserfolge, also gibt es auch überhaupt keinen Grund, unser Kronprinzenpärchen ins Schaufenster zu stellen!"

Siebenundzwanzig

Es war spät, als Andrés sich auf den Weg zu Lars am anderen Ende der Stadt machte – in jeder Hinsicht. Aber noch war es nicht zu spät.

Während der Fahrt in seinem schicken schwarzen Mercedes hallte in Endlosschleife die stumme Anklage von Lars in seinem Kopf wider: Du hast unsere Freundschaft geopfert, auf dem Altar der Macht!

Seit geraumer Zeit schon fraßen sich diese Worte in sein Inneres, traten mit seinem Gewissen in einen gnadenlosen Dialog, zerfraßen ihn. Wenn er sie niedertrat, bahnten sie sich ihren Weg durch einen anderen Kanal, bis sie an der Oberfläche wieder zum Vorschein kamen, wie das Bildnis des Dorian Gray von Oscar Wilde, dessen furchterregende Veränderung die Seele des Dargestellten zermarterte, obwohl es auf dem Speicher verborgen und verhängt war.

Andrés parkte seinen Wagen zwei Straßen von Lars' Haus entfernt in einem ruhigen Seitenweg, um keine allzu auffälligen sichtbaren Spuren seiner Gänge zu hinterlassen. Mit flauem Gefühl in der Magengegend betätigte er die Klingel. Zoey öffnete die Tür, sah ihn mit neutralem Gesichtsausdruck an und brachte ihn wortlos ins Wohnzimmer, wo Lars ihn erwartete.

Die Hausherrin stellte den beiden eine große Flasche Chianti und eine Karaffe Mineralwasser auf den gläsernen Couchtisch, dann verschwand sie in der angrenzenden Küche und kehrte mit einem großen Teller Kirschtomaten-Mozzarelline-Spießchen zurück. Nachdem sie diesen abgestellt hatte, zog sie sich diskret zurück und schloss die Tür vielleicht ein wenig zu laut.

„Schön, dass du gekommen bist", eröffnete Lars das Zwiegespräch der beiden Alphatiere, wies mit einer Geste Richtung Sitzgarnitur, und goss seinem Freund, wie er ihn noch immer bezeichnete, Wein und Wasser ein.

„Mehrere Freunde haben mich wegen ihrer Machtinteressen und Karriereabsichten verraten. Warum hast du mich nicht gegenüber der Presse entlastet?", fragte Lars mit bitterem Unterton in der Stimme.

„Weil in deinem Agieren zu vieles nicht ganz klar war. Warum hast du einen Kandidaten der gegnerischen Partei im Wahlkampf unterstützt? Seit wann supportet man die Opposition?", brauste Andrés auf.

„Andrés, bitte bleib jetzt einmal ruhig, nur dieses eine Mal. Ich möchte nicht, dass unser Gespräch schon wieder an diesem Vorwurf und fadenscheinigen Anschuldigungen scheitert. Ich hatte dir schon einmal erklärt, dass es ein Freundschaftsdienst war. Deshalb hatte ich diesen Auftrag angenommen", verteidigte sich Lars.

„Im Gegensatz zu dir stand ich immer auf deiner Seite, gegenüber deinen Kritikern habe ich dich gegen alle Widerstände bis aufs Blut verteidigt und den Mammon und meine Machtgelüste stets den menschlichen Werten untergeordnet. In meiner Wertepriorisierung stand die Freundschaft immer an oberster Stelle. Und vor diesem Hintergrund kamst du mit dem Wunsch, ja sogar mit der unterschwelligen Forderung, meinen Rücktritt zu verkünden! Warum sollte ich gehen? Sollten nicht zuerst diejenigen gehen, die noch viel mehr auf dem Kerbholz haben?", warf Lars Andrés vor. „Da fallen mir so einige ein, und das sind nicht wenige, das weißt doch auch du ganz genau", fügte er hinzu, wobei seine Stimme in gewissen Nuancen beleidigt klang.

„Aber keine Sorge", fuhr er fort. „Ihr braucht gar nicht mehr über ein Parteiausschlussverfahren zu diskutieren, weil ich nämlich überhaupt nicht mehr bei euch sein möchte. Ich gehe selbstbestimmt und allein. *Don´t stay where you are tolerated, go where you are celebrated – Bleibe nicht dort, wo du toleriert, sondern gehe dorthin, wo du gefeiert wirst*", zitierte Lars einen unbekannten Urheber. „Genau genommen habe ich ja noch nicht einmal mehr den Status des Tolerierten, sondern vielmehr des Geächteten, der Persona non grata. Noch ein Grund mehr zu gehen."

„Geht es eigentlich noch theatralischer?", ereiferte sich Andrés.

Er berichtete Lars von dem Dreiergespann der opportunistischen Drahtzieher, das über Zeldas Information an Mira aufgedeckt und entlarvt worden war. Es war Mira gewesen, die die Maskeraden der Macht enttarnt hatte.

Mira saß mit Justus als moralische Instanz an der Seite, zwischen allen Stühlen und hatte dadurch die gesamte Bagage demaskiert.

Sie hat sich gegen die dauernde unmoralische öffentliche Beschimpfung gestellt, indem sie aufzeigte, was Macht mit Menschen macht.

„Wir alle haben wie Marionetten in deren Kasperletheater mitgespielt und haben es noch nicht einmal bewusst bemerkt", seufzte Andrés, „weil wir zu sehr damit beschäftigt waren, stets den Erwartungen anderer zu entsprechen."

In den frühen Morgenstunden hatten sie sich ausgesprochen, die Flasche Chianti war leer, eine weitere ebenfalls, eine dritte angebrochen. Zwei entleerte Whiskybecher, die zuvor gut gefüllt waren, die Absacker, standen daneben. Die Wasserkaraffe war noch halb gefüllt. Als halb voll sollten vielleicht künftig auch die positiven Aspekte ihrer Freundschaft erachtet werden, bevor mit der Lupe nach dem Haar in der Suppe gesucht würde.

Andrés rief Mira an, und bat sie, ihn abzuholen.

„Bestell dir ein Taxi, ich kann doch die Zwillinge nicht allein lassen", antwortete Mira kopfschüttelnd.

„Ach ja, stimmt, daran habe ich jetzt gar nicht gedacht", lallte Andrés. Er rief die Taxizentrale an, in wenigen Minuten war ein Wagen vorgefahren.

„Ich gehe jetzt lieber, bevor wir noch mehr verhunzgunzeln", sagte Andrés.

An der Tür umarmten sie einander innig.

Achtundzwanzig

Im legendären *Ristorante da Francesco* am Michelsberg saßen ein paar lauwarme Sommerabende später Sándor Dorian, Andrés und Mira gemütlich zusammen.

Da auch Sándors neue vierbeinige Gefährtin Diana dabei war, hatten sie statt im Wintergarten diesmal ein schattiges Plätzchen im Außenbereich unter knorrigen Baumhaseln. Von dort aus lag die Stadt zu ihren Füßen, und wenige Schritte entfernt erschloss sich ein wunderschöner Panoramablick auf die Weinberge des Stiftsgartens, das Bamberger Stadtzentrum mit Kaiserdom, Karmelitenklosterkirche, Jakobskirche und Sándors Residenz, die Altenburg.

Die Zwillinge schlummerten friedlich unter einem dunkelblauen Moskitonetz in ihrem blau-weiß gepunkteten Kinderwagen, Diana saß brav neben ihnen und hielt aufmerksamen Blickes Wache.

Mit einer Flasche eisgekühltem Veuve Clicquot brut stieß das Trio des anwesenden Sextetts schwungvoll-klirrend auf ihr Wiedersehen, und die Auflösung aller widrigen Umstände an. Mira und Andrés bedankten sich nachträglich nochmals herzlich für die schöne Urlaubslocation.

„Somit habt ihr also alle bösen Geister hinter euch gelassen und die Falschspieler entlarvt", sagte Sándor zufrieden. „Das freut mich sehr für euch."

Mira nickte und Diana wedelte zustimmend mit dem Schwanz.

„Das sind ja wirklich bühnenreife Verstrickungen, die sich da ergeben haben, beziehungsweise bewusst installiert und inszeniert worden sind. Und diesmal reichen sie nicht nur bis nach Málaga, sondern auch noch bis nach Rom. Sehr interessant", schmunzelte der Wirtschaftsmogul kopfschüttelnd.

„Ich durchschaue noch nicht die ganzen Zusammenhänge, bitte erklärt sie mir mal", bat Sándor. „Welche Rolle spielten eigentlich die Essers in diesem Spiel? Er ist ja bekannt für seine erfolgsbringenden Schachzüge, aber welche Interessen stehen in dieser Angelegenheit im Raum, beziehungsweise im Hintergrund?"

„Filetto di manzo al Gorgonzola?", fragte der Kellner, der mit zwei Tellern vor ihnen stand.

„Per noi due", antwortete Mira, und zeigte auf sich und Andrés.

Die dampfenden, schön angerichteten Teller wurden vor ihnen hingestellt. Diana musste sich sehr beherrschen, sich nicht dem schier unwiderstehlichen Rinderfilet zu nähern, blieb dann jedoch diszipliniert auf ihrem Platz.

„Bringen Sie mir bitte noch ein Glas Montepulciano", bestellte Mira.

„Sogliola alla griglia", kündigte der engagierte junge italienische Kellner an, und stellte den Teller mit der gegrillten Seezunge auf den noch freien Platz vor Sándor. Sein Kollege brachte Mira zeitgleich den Wein. Mit einem lauten „Buon appetito" entfernten sie sich vom Tisch.

„Zelda Esser, die Ehefrau von Herbert Esser, hat Licht ins Dunkel gebracht, sie hat mir die ganzen Verbindungen erläutert, als Andrés noch zwischen Leben und Tod schwebte", erklärte Mira.

„Verstehe ich das richtig, die gut situierte, wirtschaftlich abhängige Ehefrau verrät ihren gut betuchten Mann?", fragte Sándor erstaunt.

„Ja. Ihr Mann hatte nämlich eine Liebelei mit der rasenden Reporterin Regina vom Frankenkurier", lachte Mira.

„Ich habe die beiden sogar am Strand von Tarquinia gesehen, als wir unseren Urlaub in deinem Haus in Tuscania verbrachten."

„Das ist ja ein starkes Stück", bestätigte der Burgherr.

„Es kommt noch viel heftiger: Herr Esser hat seine Gefühle nur vorgespielt, um Regina dazu bewegen zu können, negative Schlagzeilen über Lars zu verbreiten. Da sie früher einmal unglücklich in Lars verliebt war, konnte Esser sich ihrer Mitwirkung sicher sein."

„Und warum sollte er dies überhaupt tun? Welches Motiv hatte er?", wunderte sich Sándor.

„Dein Steak wird kalt", schaltete sich Andrés dazwischen.

„Ja, gleich, sonst verliere ich den Faden. Filet schmeckt auch abgekühlt noch ganz gut", wehrte Mira ab und nahm einen kleinen Schluck von ihrem Rotwein.

„Esser wollte die Gegenpartei in ein positives Licht rücken. Lars, der aufgrund seiner Präsenz und seinen Veranstaltungen als ein sehr sichtbarer öffentlicher Vertreter seiner Partei und Unterstützer ihrer Mitglieder sehr viel positive Aufmerksamkeit auf sich zog, sollte einen Imageschaden erleiden. Dafür benutzte der Logistikmogul auch meinen Kompagnon Marvin. Es war ein abgekartetes Spiel."

„Was hatte Marvin damit zu tun?", fragte Sándor überrascht.

„Er hatte überhaupt keine politischen Interessen, ist aber ein notorischer Pleitegeier. Ein talentierter Loser. Somit ließ er sich von Esser dafür bezahlen, dass er Social Media Spionage bei Lars betrieb und hochgepuschte Informationen lieferte, die, über Esser der Presse zugespielt, dazu dienen sollten, Lars der Lächerlichkeit preiszugeben. Darüber hinaus hatte Marvin noch persönliche Rachegründe, die seinen Status als Künstler betrafen: Lars hatte ihm keine Plattform als Musiker bei seinem Sommerfestival geboten. Somit kam ihm Essers Angebot mehr als gelegen, Lars endlich eins auswischen zu können."

Dorian schüttelte ungläubig den Kopf.

„Dann gab es noch Parteigenossen, die dachten, dass Lars durch den Kontakt mit ihnen ihren eigenen Karriereplänen im Weg stünde", ergänzte Mira.

„Andrés hat sich Lars gegenüber in eine unverbindliche Distanz begeben, um seine geplante Kandidatur als Ober- bürgermeister durch einen eventuellen Imageverlust nicht zu gefährden, aber die beiden haben sich inzwischen ausgespro- chen. Marvin besaß dann noch tatsächlich so viel Dreistigkeit, Andrés im Klinikum aufzusuchen, um ihm eine erfundene Liebesaffäre mit mir aufzutischen."

„Wahnsinn", rief Sándor aus. „Warum denn das?"

„Weil er in mich verliebt war."

„Kein Wunder", lächelte Sándor anerkennend. „Als ich dich kennenlernte, warst du eine fleißige, adrette Raupe. Du hast dich entwickelt und jetzt bist du ein wunderschöner Schmetterling."

„Ja, aus mir ist durchaus etwas geworden, und zwar bin ich endlich ich selbst geworden, ganz authentisch ich selbst", sagte Mira nicht ohne Stolz.

„Möchte mein wunderschöner Schmetterling noch ein Des- sert?", raunte Andrés liebevoll seiner Frau zu.

„Ja, ich nehme noch einen Affogato, Vanilleeis mit Espres- so", erklärte sie.

„Was ist jetzt eigentlich mit Marvin geschehen?", fragte Sándor.

„Nichts, er schmort in seinem eigenen Saft und niemand will ihm mehr einen Auftrag erteilen. Du kannst ihn ja nach Málaga schicken, so wie mich damals vor drei Jahren", schlug Mira ihm ironisch vor. „Spanische Konzertgitarre kann er, falls in deiner Maybach-Filiale ein Jubiläum stattfindet."

„Davon gibt es vor Ort einen florierenden Markt", blockte Sándor ihre ironische Anspielung ab.

„Es hat sich also alles für euch zum Guten gefügt. Ich glaube ja trotz meiner sachlichen Rationalität, ohne die ich meine Unternehmungen nicht so erfolgreich führen könnte, dennoch fest an den Bumerangeffekt unserer Aktionen und an die göttliche Fügung.

Daher bin ich überzeugt, dass unser Erstkontakt damals, liebe Mira, als du in meinen Maybach gestiegen warst, und daraufhin mein Arbeitsangebot in Málaga angenommen hast, für dich zunächst eine wunderbare Hilfe war, aber euch beiden dann auch die Erweiterung eurer Verwandtschaft beschert hat. Und mir eine wunderbare Freundschaft. Es ist nicht leicht, vertrauenswürdige Menschen zu finden, wenn man viele Neider um sich hat", teilte sich Sándor nachdenklich mit.

„Apropos himmlische Fügung: Wisst ihr eigentlich schon, wie ich meinen Verleger gefunden habe?", fragte Mira.

Die beiden Herrn schüttelten stumm den Kopf.

„Ich fuhr damals mit dem Zug nach Frankfurt, um mein Manuskript einem Verlag vorzustellen. Erstmals war ich zum Zeitpunkt der Buchmesse in der Mainmetropole und begeisterte mich für den markanten, bleistiftförmigen Messeturm, der fußläufig gleich links neben dem Hauptbahnhof ganz zentral gelegen ist.

Voller Vorfreude und mit riesengroßen Erwartungen im Gepäck begab ich mich in die entsprechende Halle. Vorab hatte ich mein Werk schon geschickt, aber ich sollte persönlich dort vorbeikommen, da sich angeblich noch weitere Tätigkeitsfelder anböten.

Allerdings erhielt ich ohne jegliche Begründung eine eiskalte Absage. Eine Abfuhr.

Eine schöne, doch sehr arrogante und ahnungslose Hostess im dunkelblauen Kostüm, die ich meinerseits freundlich um eine Information bat, schmetterte meine Anfrage mit wichtigem Gesichtsausdruck unhöflich ab. ‚Uniformiert, doch gänzlich uninformiert‘, rief ich ihr zu, und begab mich sofort zurück zum Hauptbahnhof.

Niedergeschmettert, enttäuscht und wütend zugleich, trat ich wenige Minuten später die Rückfahrt an. Auf dem Platz neben mir saß ein seriöser Herr mittleren Alters.

Nachdem ich kurz zum WC gegangen war und wieder zurückkam, war er inzwischen ausgestiegen.

Da bemerkte ich, dass auf dem Sitzplatz sein Handy lag; es war ihm wohl beim Aufstehen aus der Hosentasche gerutscht.

Als ich nachsehen wollte, ob darin ein Kontakt hinterlegt war, bemerkte ich, dass das Gerät nur per Fingerabdruck zu entsperren war. Glücklicherweise klingelte es kurz darauf, und als ich ranging, war der Inhaber des Telefons in der Leitung. Er teilte mir seine Adresse mit, und bat mich, ihm das Handy per Post zu senden. Er würde mir umgehend die Portokosten plus einen großzügigen Zuschlag als Finderlohn und für meine Zeit und Bemühungen überweisen.

Ich teilte ihm meine Bankverbindung mit, er nannte mir seine Firmenadresse. Es war ein Verlag.

‚Sie haben einen Verlag? ‘, fragte ich erfreut.

‚Ja, ich war auf der Buchmesse; warum, ist das in diesem Kontext hier wichtig? Lesen Sie gerne?'

‚Ja, und ob. Aber vor allem schreibe ich, Belletristik, und ich habe keinen Verleger.' Ich setzte alles auf eine Karte. Schließlich hatte ich ja nichts zu verlieren, ich konnte nur gewinnen.

‚Dieses Genre passt grundsätzlich in mein Verlagsprogramm. Schicken Sie mir Ihr Manuskript. Ich kann Ihnen nichts versprechen, aber ich werde es mir ansehen. Aber bitte vorab mein Telefon, ich benötige es dringend.' Ich versprach es.

Wie das Schicksal es wollte, war er, im Gegensatz zu seinen Frankfurter Kollegen, sehr angetan. Ich hatte ihn innerlich erreichen können. Somit habe ich am gleichen Tag dann doch noch Glück gehabt, und auch der Verleger war sehr froh, dass seine wichtigen Daten nicht verloren gegangen waren.

Das Blatt kann sich so schnell wenden, ganz unerwartet kann ein Wunder geschehen. Und wenn man an Wunder glaubt, dann ereignen sie sich."

„Das ist ja auch eine wunderbare wahre Geschichte, Mira. Die hast du mir noch gar nicht erzählt", kommentierte Andrés.

Sándor nickte lächelnd.

„Die Masken sind gefallen. Trinken wir darauf – alla nostra salute", rief Sándor in die fröhliche kleine Runde.

Neunundzwanzig

„Ich taufe dich im Namen des Vaters, des Sohnes und des Heiligen Geistes", sprach der Zelebrant Johannes Justus Laurentius zweimal nacheinander aus, nachdem er die beiden kleinen Köpfchen mit Wasser übergossen und anschließend die Stirn der Kinder mit Chrisamöl gesalbt hatte.

Amadeo und Lorena lieferten sich gerade einen gegenseitigen Wettkampf in der Lautstärke ihres Geschreis, aber Amadeos Pate Sándor Dorian und Lorenas Pate Lars Steinbock strahlten so viel Ruhe und Zuversicht aus, dass sich die Kinder rasch wieder beruhigten.

Die illustre dreizehnköpfige Taufgesellschaft war im Halbkreis um den Taufstein im Altarraum der Oberen Pfarre am Unteren Kaulberg in der Bamberger Bergstadt versammelt.

Neben den beiden Paten waren auch Miras Eltern da, die nochmals aus Zypern eingeflogen waren, Andrés' Eltern Ana und Carlos, Zoey, Marilyn, sowie Andrés' Amtskollege Oberbürgermeister Dr. Albin Maxim Kraft, ohne Begleitung seiner Frau Hella.

Es war Mira, die diese Feierlichkeit auf den 21. September 2024 gelegt hatte. Die Taufe ihrer Kinder fand an ihrem 30. Geburtstag statt.

An diesem Tag jährte sich mutmaßlich die Entstehung ihrer beiden kleinen Lieblinge, zumal sie vor einem Jahr Miras

29. Geburtstag in Tuscania gefeiert hatten, und neun Monate später die Kinder zur Welt gekommen waren. Heute waren sie genau drei Monate alt – zumindest die vier Stunden jüngere Lorena.

Da sie am Anfang des Sommers geboren wurden, wurden sie nun zu dessen kalendarischem Ende getauft.

Nach der kirchlichen Zeremonie begaben sich die Gäste in das ein wenig unterhalb am Pfahlplätzchen gelegene italienische Restaurant *Little Italy*, wo sie von der Betriebsleiterin Marina herzlich empfangen wurden, und wo sie ein edles Menu geordert hatten.

Marina brachte ein Tablett mit Gläsern, zwei Flaschen Zonin Prosecco und verteilte das spritzige Getränk lächelnd an die Feiernden.

Andrés hielt eine kleine Begrüßungsrede, die er mit folgenden Worten beendet:

„Es gibt immer einen Grund, Sekt zu trinken, bei traurigen Anlässen, um die Sorgen darin zu ertränken, oder bei schönen Anlässen, um die Freude zu begießen. Glücklicherweise sind wir heute aus einem freudigen Grund zusammengekommen. Wir feiern die Taufe unserer beiden niños, und meine Frau hat heute einen runden Geburtstag, einen Wendepunkt in eine neue Lebensphase. Meine liebe, geliebte Mira! Von ganzem Herzen wünsche ich dir ein glückliches, gesundes, inspiriertes und erfülltes neues Lebensjahrzehnt, mi amor. Mögen dir die Gestirne stets leuchten und dunklen, düsteren Wolken keinerlei Raum lassen. Erheben wir also die Gläser auf Amadeo und Lorena und ihre wunderbare Mutter."

Alle stießen miteinander an, prosteten den weiter entfernt Sitzenden zu und tranken dann aus ihren Gläsern.

Justus war am Kopfende der Tafel platziert, und als alle Platz genommen hatten, zog er ein kleines Etui aus seinem schwarzen Sakko, in dem sich eine dunkelblaue, samtene Schmuckschatulle befand. Als er sie feierlich öffnete, kamen darin zwei kleine goldene Kreuzchen an dünnen Kettchen mit Namensgravur zum Vorschein.

Dann erläuterte er die besondere Bedeutung dieses bekannten christlichen Symbols:

„Die horizontale Achse symbolisiert die irdische Verbundenheit, die Verbindungen mit der Schöpfung. Der vertikale Balken steht hingegen für die himmlische Verbindung, für die Verbindung mit Gott dem Schöpfer. Mögen die Kinder Amadeo – Gottlieb – und Lorena – die Lorbeergekränzte, die Siegerin, stets in Nächstenliebe das irdische Netzwerk pflegen, und gleichermaßen mit dem Himmlischen in positiver Verbindung stehen. Dies entspricht dem wichtigsten göttlichen Gebot. Nichts – keine unserer Aktionen darf sich gegen die Gottes- und Nächstenliebe richten. Wir schulden uns einander gegenseitig nur die Liebe, sonst nichts – und uns selbst gegenüber die Selbstliebe, so dass wir die Kraft für andere haben, damit unser Kräftehaushalt in Balance bleibt. Wenn wir ‚ja' zu unserem Gegenüber sagen, müssen wir stets berücksichtigen, dass wir dabei nicht ‚nein' zu uns selbst sagen."

Justus nahm die Taufkerzen, die vor ihm auf dem Tisch standen, in die rechte Hand. „Und den Eltern dieser Kinder, liebe Mira und lieber Andrés, möchte ich Folgendes mit auf den Weg geben:

Seid stets in Liebe entflammt und ein Licht füreinander. Aber seid nur das Licht, nicht die Kerze, sonst verzehrt ihr euch, und könnt dann bald kein Licht mehr sein für eure Familie, eure Freunde und eure Mitmenschen.

Möge es euch gelingen, euren Nachwuchs zu begeistern, statt zu bevormunden. Ein begeisterungsfähiger Mensch, der für etwas brennt, in dem brennt ein lichterlohes Feuer. Und das macht sein Leben für ihn kurzweilig, lebenswert, und ihn wiederum so wertvoll für seine Mitmenschen."

Justus' Worte hatten tosenden Beifall entfacht.

Nun ergriff Sándor Dorian das Wort: „Ich erachte mich für die wirtschaftliche Ebene verantwortlich. Geld ist sehr wichtig, aber sein Besitz kann nicht mangelnde Liebe kompensieren, und natürlich auch keine nachhaltige, tiefgängige Lebensfreude schenken. Allerdings eröffnet Geld auch Möglichkeiten und ist ein Mittel zur Freiheit.

Deshalb habe ich ein Konto für Amadeo eröffnet und mit einem großzügigen Betrag als Basis für die finanzielle Freiheit und Sicherheit ausgestattet. Damit finanzielle Sorgen nicht zusätzlich zu den anderen, die man ohnehin durch das Leben tragen muss, den Alltag überschatten."

Klatschen und Danksagung.

Lars hatte ebenfalls ein Sparkonto für sein Patenkind Lorena eröffnet, der Oberbürgermeister hielt eine kleine Ansprache und überreichte zwei Silbermünzen, die eine Prägung des Alten Rathauses zeigten.

Marilyn bezeichnete sich selbst scherzhaft als dreizehnte Fee, hatte aber als Inversion zum Märchen Dornröschen nur gute Wünsche zu überbringen. Als Kreativgeist überreichte sie ein selbst gestaltetes Kinderbuch mit entzückenden Illustrationen.

„Welche Vorsätze hast du denn für dein neues Lebensjahrzehnt ins Auge gefasst, Mira?", fragte Marilyn interessiert.

„Nun, ich habe beschlossen, mehr Qualitätszeit in meinem Leben mit meinen Lieblingsmenschen und Lieblingsaktivitäten zu verbringen", entgegnete Mira. „Ich möchte künftig mit meinen Kräften besser haushalten, jeden Moment bewusst

Seit 2011 ist sie exklusiv als Schriftstellerin, Journalistin, Übersetzerin und Lektorin tätig.

„Bamberger Maskerade" ist ihre neunte Buch-Publikation.

Die Mutter von Tochter Laura aus erster Ehe ist heute mit dem Theologen Dr. Stefan Hartmann in zweiter Ehe verheiratet.

Buch-Publikationen:

2011: Der Weg vom Dunkel ins Licht, Epubli Berlin
2013-2019: Edition Profile, Bamberg Stadt und Landkreis I, II, III, Peter Becker Verlag Olbersdorf
2019: Alles besiegende Liebe. Lyrik. Epubli Berlin
2020: Corona Challenge. Edition Forsbach Bamberg
2021: Corona Challenge 2.0. Edition Forsbach Bamberg
2022: Mira. Macht, Mythen und Mysterien in Bamberg und Málaga. Roman. Edition Forsbach Bamberg
2024: Bamberger Maskerade. Roman. Edition Forsbach Bamberg

Kontakt:

Sandra Dorn
Poetin-**P**ortraitistin-**P**ublizistin, **P**rivatlehrerin Italienisch
Würzburger Straße 19, D-96049 Bamberg
Telefon Mobil: +49 (0)171 4751130
Mail: Sandracervina1@aol.com
www.facebook.com/sandradorn66
www.facebook.com/sandra.dorn.90
Instagram: sandracervina1

Danke

Ich danke meiner Verlegerin und Freundin Frau Dr. Beate Forsbach für die jahrelange positive Kooperation! Das vorliegende Buch ist bereits die vierte Belletristik-Publikation in ihrem Verlag.

Meinem Ehemann Dr. Stefan Hartmann danke ich als stetigem Erstleser meines kreativen Outputs für sein begeistertes und konstruktives Feedback!

Bamberg, am Pfingstsonntag, 19. Mai 2024
Sandra Dorn

Weitere Bücher von Sandra Dorn

Sandra Dorn
Mira
Macht, Mythen und Mysterien
in Bamberg und Málaga

Roman
12,5 x 19 cm, 208 Seiten

ISBN 978-3-95904-228-4
Edition Forsbach 2022

Die engagierte und attraktive junge Lyrikerin, Spanischdozentin und Tanzchoreographin Mira lebt, liebt und arbeitet im turbulenten Strudel eines Beziehungsgeflechtes der politischen, wirtschaftlichen und klerikalen „Obertane" der Bamberger Stadtgesellschaft, deren Netzwerk bis in das mondäne andalusische Málaga hineinreicht.

Sandra Dorn
Corona Challenge
Ereignisse Eindrücke Emotionen
aus Bamberg
Lyrik und Aphorismen

11 x 17 cm, 80 Seiten mit 20 farbigen
Abbildungen

ISBN 978-3-95904-122-5
Edition Forsbach 2020

Corona Challenge

Die Dichtung ist die edelste Darstellungsform, Emotionen, Eindrücke und Ereignisse zu verbalisieren.

Dieses Büchlein ist ein Spiegel eines Teils der Stimmung der Bamberger Stadtgesellschaft in den Monaten März bis Juni 2020, welche Sandra Dorn in diesem Projekt festgehalten hat.

Aufgrund des weltweiten Charakters der Pandemie steht Bamberg somit stellvertretend für viele Orte.

Der Band enthält zahlreiche farbige Fotos, die die Autorin selbst aufgenommen hat.

Sandra Dorn
Corona Challenge 2.0
Ausdrucksstarke Eindrücke
in Bamberg
Lyrik und Aphorismen

11 x 17 cm, 72 Seiten mit zahlreichen
farbigen Abbildungen

ISBN 978-3-95904-152-2
Edition Forsbach 2021

Corona Challenge 2.0

Die Dichtung ist die edelste Darstellungsform, Emotionen, Eindrücke und Ereignisse zu verbalisieren.

Dieses Büchlein ist ein Spiegel eines Teils der Stimmung der Bamberger Stadtgesellschaft im Herbst 2020, welche Sandra Dorn in diesem Projekt festgehalten hat.

Aufgrund des weltweiten Charakters der Pandemie steht Bamberg somit stellvertretend für viele Orte.

Der Band enthält zahlreiche farbige Fotos, die die Autorin selbst aufgenommen hat.